Wolfgang Hubach
Mausfalléri

Wolfgang Hubach
Mausfalléri

Psychographie eines Dorfes: Neuherrsheim

Strasser Verlag

Inhaltsverzeichnis

Reminiszenz

Erinnern Sie sich an die Straußwirtschaft unter dem Hambacher Schloß und an die sieben, die ausgezogen waren, die Welt zu verändern?[1] In diesem Jahr haben sie sich in der gleichen Winzerstube wieder getroffen, die sieben, die Pfeifer der Freiheit hatten werden wollen, so, wie sie glaubten, daß Siebenpfeiffer[2] sie sie gelehrt hätte, hätte er sie und diese Zeit erlebt.

Vier hockten auf der Eckbank, rechts und links lehnte je einer im Stuhl, gegenüber stand ich, wie einst mit zwei Pfund Papier in den Händen. Die Blicke meiner lieben Mitstreiter waren streng, verweisend, vorwurfsvoll; sie konnten mir meine Schreiberei nicht verzeihen.

„Ich grüße das Tribunal! Wenn ich Euch so sitzen sehe, komme ich mir vor wie weiland Luther zu Worms: Auch ich bekenne: Hier stehe ich, ich kann nicht anders!"

Das Amen verkniff ich mir, konnte es auch gar nicht mehr sagen, denn gleich ging es los: Wertvolle Dokumente, zum Roman degradiert, Verrat an der Sache, Treubruch, gegen jede Abmachung, so nicht vereinbart, dazu dieser Titel, Pfui!

Und überhaupt, zum Teufel, wo bleibt da die Wissenschaft? „In der Schublade", spottete ich. Das war nicht fair, denn wie sich zeigte, waren vier weiterhin ernsthaft mit dem Anfang des Beginnens ihrer Forschungen beschäftigt, zwei rückten sogar verlegen dünne Hefter zurecht, in denen sie fein ordentlich Daten, Fakten und keine Hintergründe gesammelt hatten, bei weitem nicht genug, die Welt aufzurütteln.

---

[1] W. Hubach, Im Hinterteil des Schwanen, DLG-Verlag.
[2] Dr. Philipp Jakob Siebenpfeiffer war einer der führenden Köpfe beim Hambacher Fest 1832.

Der Hausherr kam, drückte mir einen Schoppen in die Hand und meinte in seiner Winzerehrlichkeit: „Hast schon wieder ein Buch fertig? Recht so! Zeigs denen mal, wie mans macht, so zu schreiben, wies wirklich ist bei uns kleinen Leuten. Ich kann da nur sagen, Respekt vor uns!"

Nachdem die Abrechnung mit mir anscheinend nicht so verlief wie geplant, versuchten sie eine neue Strategie, die, mich nach meinen Methoden auszuhorchen. Und da sie zwischenzeitlich ihren Ärger eifrig mit großen Schlucken verdünnt hatten, ließen sie mich sogar berichten, ohne zu unterbrechen. Ich begann zu erzählen.

Wieder war ich durch das Land gezogen auf der Suche nach Zeugen der Zeit, hatte hier etwas erfahren, dort etwas gefunden, durch Zufall entdeckt, zu wenig um ein neues Buch zu formen.

Aus Altherrsheim war kaum noch Nennenswertes zu erhalten, nur Klatsch. Der einst reiche Ort stolzer Bauern dämmert seinem Ende zu. Die Alten leben in ihrer Vergangenheit, die Jungen sehen keine Zukunft und wandern ab.

An Neuherrsheim war ich zunächst vorbeigegangen, denn dort hatte ich nur Mißtrauen, Ablehnung, Furcht, gar Haß gefunden, war ich doch keiner der Ihren, hatte außerdem ein Buch über das alte Dorf geschrieben, so einer konnte niemals etwas gutes im Schilde führen. Sie fürchteten wohl, sie sollten einmal mehr an den Pranger gestellt werden, sie, die Zigeuner, wie sie im Umland heißen. Als ich jedoch außerhalb des Ortes das Vertrauen einiger ehemaliger Bürger des Dorfes gewonnen hatte, öffneten sich Kisten, Kasten und Schränke, vor allem aber Mäuler. Man erzählte, zeigte mir Dokumente, ließ mich mithören, mitschreiben, mitleben, drängte zum Schluß sogar, dieses oder jenes ja nicht zu verschweigen, selbst wenn es wenig ehrenvoll klang. Die Umwelt sollte wissen, wie es wirklich gewesen war, statt jahraus jahrein die stets gleichen Lügen zu verbreiten.

Am überraschendsten war die Art, mit der junge Leute bereitwillig und völlig unbefangen sich offenbarten. So entstand eine Sammlung voll prallen Lebens, ein Bericht von Menschen ohne Zukunftsangst, ohne Furcht vor dem Morgen. Das Armeleute- und Arbeiterdorf hatte Überlebenskraft bewiesen.

Hätte ich diese Zeitzeugnisse sammeln, ordnen, ablegen sollen als Information für spätere Generationen, wie es einst Grundidee für unsere Arbeit war?

Haben die Heutigen kein Recht auf Rückbesinnung auf das unmittelbar Vergangene und das in einer Sprache, die von ihnen kommt und die sie verstehen?

Hätte ich, wie die anderen, auch nur für die Schublade sammeln sollen?

Es gab eine hitzige Diskussion. Die Hitze mußte eifrig gelöscht werden. Und dann, als der Wein es erlaubte, von der Ratio weg zu kommen, stimmten mir die anderen zu. Zwar wollten sie mir auf meinem Weg nicht folgen, sondern rein wissenschaftlich vorgehen, auch die, die bisher noch keine Gelegenheit zu ernsthafter Arbeit gefunden hatten, aber mir gaben sie ihr Plazet.

So entstand die Psychographie des anderen Dorfes, Neuherrsheim.

Von einer Schwierigkeit muß ich noch berichten. Es war schier unmöglich, die Mundart des Dorfes in eine verstehbare Sprache, eine lesbare Form zu bringen, ohne den Sinn zu verändern. In einem Fall mußte deshalb dem Text eine zweite, erweiterte Fassung mitgegeben werden, um die Aussage überhaupt verständlich werden zu lassen.

Die Form, in der mir die Zeugnisse zugekommen waren, wurde nicht verändert, jedoch mußten wieder Orte und Namen verschlüsselt werden; das war notwendig, denn es soll niemand bloßgestellt werden.

Falls Sie Neuherrsheim auf der Landkarte suchen, es liegt

nahe bei Altherrsheim, so zwischen Weinsheim und Wein-
heim, zwischen Kirrlach und Kirrweiler. Sie werden es gewiß
nicht verfehlen.

Hambach, an Fastnacht 1989

Notizen

Im Juli 1793 pflanzte in Paris ein Jacobiner am Eingang zur Rue des rosiers einen Pfahl in den Boden. Als Zeichen der Neuen Freiheit stülpte er seine rote Mütze darüber. Sie war zu grüßen. Ein alter Jude, fast blind und aller Politik fern, schlurfte nichtachtend vorüber. Marktweiber erschlugen ihn.

Als die Bürger von Paris 1789 gegen die Obrigkeit aufbegehrten, forderten sie Freiheit, Gleichheit, Brüderlichkeit, auch für und mit Minderheiten. Damals wie heute war die rue des rosiers die Judengasse. Deren Bewohner mußten sehr schnell lernen, daß Freiheit und Gleichheit der Revolutionäre andere waren, als sie selbst sich erhofft hatten. Vier Jahre später verflogen alle Ideale. Auf den Straßen herrschte der Mob.

Im Juli 1807 erschienen französische Soldaten auf dem Hasenbergel vor dem Wald, dort, wo die Zigeuner hausten. Sie bauten ein Semaphor[1]. Als Zeichen der neuen Freiheit pflanzten sie einen Pfahl vor ihr Zelt und stülpten einen Bollenhut[2] darüber. Er war zu grüßen. Ein Knecht aus Altherrsheim stolperte müde und grußlos vorbei. Er wurde zur Armee gepreßt.

1807 beherrschte Napoléon ganz Zentraleuropa. Um das Riesenreich überwachen zu können, ließ er das Land mit optischen Telegraphen überziehen. Die erste Linie verlief vermutlich zwischen Paris und Mainz.

Für seine Pläne benötigte der Kaiser Soldaten, weshalb er bedenkenlos pressen ließ.

---

[1] Optischer Telegraph
[2] ‚Napoléonshut‘, Zweispitz

Bald bauten sich die Franzosen ein steinernes Haus. Davor stellten sie den Bollenhut. Die aus den Hütten unterm Bergel grüßten eifrig. Arme Leute können es sich nicht leisten, dagegen zu sein. Zum Dank erhielten sie die Freiheit, sich Dorf zu nennen. So entstand Neuherrsheim.

Im Sommer 1812 kam der Knecht zurück, blessiert, aber reich. Zwischen dem alten und dem neuen Dorf stand eine Bank zu Ehren von Napoléons Sohn[1]. Sie war zu grüßen. Der Veteran zog seinen Hut und mied fortan diesen Weg.

Das Empire hatte 1812 seine größte Ausdehnung erreicht. Der Kaiserkult kannte keine Grenzen mehr. Napoléonsbänke und -säulen mußten errichtet, Gärten und Haine, Wäldchen und Wiesen angelegt, Eichen, Linden, Pappeln gepflanzt werden. Wenigen, vornehmlich Offizieren, gelang es, ein Vermögen zu erwerben. Die Masse ging mit der Grande Armée in Rußland zu Grunde.

Im Januar 1814 erschienen Truppen von weit her. Sie brachten die alte Freiheit und zerstörten Semaphor und Bollenhut. Vor das steinerne Haus stellten sie ihre Fahne. Sie war zu grüßen. Die Bewohner Neuherrsheims, vornehmlich gewisse Weiber und ihre Bälger, bedauerten für sich den Weggang der Franzosen, riefen aber laut Vivat. Arme Leute können es sich nicht leisten, dagegen zu sein. Zum Dank durften sie ihr Dorfrecht behalten, das die Altherrsheimer ihnen wieder nehmen wollten.

1814 war das Kaiserreich am Ende. In der Neujahrsnacht 1813 hatte Blücher mit seinen Truppen den Rhein überschritten. Bereits am 31. März zogen die Sieger in Paris ein. Am 6. April 1814 dankte Napoléon ab. Ihm wurde die damals französische Insel Elba als Fürstentum zugesprochen.

---

[1] Napoléon II., König von Rom, Herzog zu Reichstadt

Im Oktober 1817 kam ein Bursch nach Weiler zurück. Er war Pfarrers Sohn und Jenenser Student, Freiheitskämpfer unter Lützow und Redner auf dem Wartburgfest. Dort hatte auch er verfemte Schriften ins Feuer geworfen. Zu jedem Stammtisch trug er das Burschenband. Stammtisch war täglich. Das Band war nicht zu grüßen. Dennoch grüßten alle, denn der es trug, war Advokat.

Nach der endgültigen Niederlage Napoléons bei Waterloo am 18. Juni 1815 versuchte Metternich, das alte Recht wieder herzustellen. Dagegen wehrten sich fast alle Schichten des deutschen Volkes, manche erfolgreich, wie die Bürger links des Rheins, die viele Freiheiten der Kaiserzeit bis auf den heutigen Tag zäh zu verteidigen wußten, manche weitgehend erfolglos, wie die preußischen Landarbeiter Ostelbiens.

Der Gedanke an ein Reich, das alle Deutschen unter einem Regenten vereinen sollte, hatte in den Befreiungskriegen Gestalt gewonnen, besonders unter Professoren und Studenten. Letztere hatten in Freicorps gegen die Franzosen gekämpft. Das berühmteste war Lützows schwarze Schar. Ihre Fahne war Schwarz-Rot, mit Gold bestickt. In der Völkerschlacht von Leipzig wurde das Corps fast völlig aufgerieben.

Die Überlebenden der nationalen Erhebung wollten keine Restauration, sie wollten den Nationalstaat. 1815 gründeten Studenten in Jena die Deutsche Burschenschaft. Zur Erinnerung an die Völkerschlacht und im Gedenken an Luthers Thesenanschlag 1517 zogen sie am 18. Oktober 1817 feierlich zur Wartburg, der Zuflucht Luthers vor Acht und Bann. Das Fest endete mit dem Verbrennen reaktionärer Schriften, darunter der Bundesakte von 1815. Neben dem Feuer wehte die Fahne Rot-Schwarz-Rot mit goldenem Eichenlaub. Auf Drängen Metternichs wurden die Burschen als Demagogen verfolgt. Es zeugte von Mut, das Band trotzdem offen zu tragen.

Im Mai 1832 zogen Männer aus allen deutschen Gauen zum Hambacher Schloß. Sie trugen die Fahne der Freiheit. Die war zu grüßen. Ein Scherenschleifer aus Neuherrsheim, der über Land ging und dies nicht wußte, grüßte vorsichtshalber. Arme Leute können es sich nicht leisten, dagegen zu sein. Ihm geschah nichts.

Die links des Rheins gaben ihr Ideal der Einheit in Freiheit und Gleichheit nie auf. Besonders die Journalisten, wie Wirth und Siebenpfeiffer, nutzten das in der Pfalz noch geltende liberale französische Recht unermüdlich zum Kampf vor allem für die Pressefreiheit. Höhepunkt ihrer Aktivitäten war die Organisation des Hambacher Festes. Das Schloß, in dessen Mauern es stattfand, gilt heute als Wiege der deutschen Demokratie. Die Jenenser Trikolore wurde zur Fahne des demokratischen Deutschland.

Im Juni 1849 trug ein Kelly aus Altherrsheim vor Waghäusel die Fahne der Freischärler gegen die Preußen. Die grüßten mit einer Kugel. Man hat nichts mehr von ihm gehört.

Der Funke von Hambach war nicht mehr zu löschen gewesen. 1848 schien das Ziel erreicht zu sein. In Frankfurt trat die Nationalversammlung zusammen. Sie wählte im März 1849 den preußischen König Friedrich Wilhelm IV. zum Erbkaiser. Der Monarch lehnte die Wahl ab. Das Paulskirchenparlament wurde aufgelöst. Die Radikalen in der rechten und der linken Pfalz, die mit Badenern und Elsässern schon im Jahr vorher für Unruhe gesorgt hatten, erhoben sich. Der badische Großherzog rief die Preußen zur Hilfe. Im Gebetbuch eines Lußheimer Bauern steht geschrieben:
Am 21 Juni 1849 war bei Waghäusel von den Preusischen Truppen und den Badischen Freischaren eine große Schlacht geliefert das auf beiten Seiten viele verwundet und Tod geblieben sein.

Dann war viele Jahre Ruhe. Es war nur der Gendarm zu grüßen. Wer es versäumte, wurde schikaniert, war er aus Neuherrsheim, gleich eingesperrt.

Im August 1870 stellte der Ulan Nattermüller aus Oberhasbach seine Fahne gegen ein zerstörtes Haus in Mars la Tour. Sie war zu grüßen. Eine junge Frau lag unter den Trümmern. Er rettete sie und übte mit ihr die neue Freiheit ein. Im Laufe der Jahre war er elf Mal erfolgreich.

Wieder war viele Jahre Ruhe. In Mars la Tour war die Fahne nur zu grüßen, wenn Gendarm Nattermüller sie hißte, am Sedanstag und zu Kaisers Geburtstag. Er sang dazu das Lied von Vionville: „Tief die Lanzen und hoch die Fahnen!"

In der Schlacht bei Mars la Tour und Vionville, vor Metz gelegen, war zum letzten Mal in der europäischen Geschichte ein Reitersieg errungen worden. Ferdinand Freiligrath beklagt in der Ballade ‚Die Trompete von Vionville' diesen Todesritt.

Nach dem Anschluß Elsaß-Lothringens war Mars la Tour der westlichste Ort des Reiches. Metz wurde die Heimat für die preußische Elite, Straßburg oft die Heimat für strafversetzte Beamte aus allen deutschen Gauen. Über die Garnisonen der Reichslande waren Regimenter aus ganz Deutschland verteilt. Die Einheimischen mußten draußen dienen, im Reich. Auf den Dörfern änderte sich wenig. Manchmal folgte ein Elsässer einem Mädchen über den Rhein, manchmal blieb ein Pfälzer eines Mädchens wegen auf der Lothringer Höh. Das hatte wenig zu besagen, denn es waren Menschen gleichen Stammes und verwandter Sprache. Der Wechsel fiel meist gar nicht auf.

Im August 1914 brach die französische Südarmee über Lothringen herein. Sie besetzte Mars la Tour und brachte die neue Freiheit.

Statt des dreifarbigen Tuchs wehte jetzt die Tricolore. Sie war zu grüßen. Nattermüllers Jüngster weigerte sich. Er wurde als Spion erschossen.

Saargemünder Cheveauleger[1] eroberten Dorf und Fahne zurück. Sie war zu grüßen. Nattermüllers Ältester vergaß es. Er wurde als Kollaborateur erschossen. Ein strammer Reiter aus Niederhasbach erhielt für die Heldentat das Eiserne Kreuz.

1914 stolperte Europa in den 1. Weltkrieg hinein. Gleich fluteten die Heere der Franzosen und der Deutschen über die Reichslande hin und zurück. Elsässer und Lothringer zahlten Blutzoll an beide. Französische Eiferer hißten Blau-Weiß-Rot und mißhandelten, wen sie für einen Reichsdeutschen hielten. Deutsche Eiferer brachten Schwarz-Weiß-Rot zurück und mißhandelten, wen sie für frankophil hielten. Franzosen rissen deutsche Schilder ab. Deutsche warfen Grabsteine mit französischer Inschrift um. Die Betroffenen fragte keiner.

Im Oktober 1918 sammelten sich dessertierte Soldaten in den Hecken bei Neuherrsheim. Sie errichteten einen Soldatenrat und als Zeichen der neuen Freiheit einen Pfahl mit einer roten Mütze. Sie war zu grüßen. Die Neuherrsheimer grüßten eifrig. Arme Leute können es sich nicht leisten, dagegen zu sein. Eine alte Magd aus Niederhasbach achtete die Kappe nicht. Auf ihrem Grabmal steht: Sie starb unter den Kugeln feiger Vaterlandverräter.

Das Kaiserreich war am Ende, der Völkerkrieg vorbei. Am 9. November dankte Wilhelm II. ab. Für ihn stand kein Fürstentum bereit. Scheidemann rief die Republik aus. Die Welt war verändert. Radikale beider Seiten wollten sie noch weiter verändern.

Nach fast 50 Jahren deutscher Zeit wehte über Elsaß-Lothringen wieder das Blau-Weiß-Rot.

---

[1] Leichte Reiter

Im November 1923 brachten Hausierer rote Fahnen mit nach Neuherrsheim, mit gelbem Emblem die eine, mit schwarzem im weißen Kreis die andere. Die Oberen empfahlen die zweite, denn sie verkünde die Freiheit vom Joch des Versailler Schandvertrages. Die Neuherrsheimer grüßten in der Folge eifrig. Arme Leute können es sich nicht leisten, dagegen zu sein. Zehn Jahre später wehte über dem ganzen Dorf die Fahne der Jugend für Freiheit und Brot.

Am 9. November 1923, fünf Jahre nach der Ausrufung der Republik, marschierte Hitler mit seinen Truppen zur Feldherrnhalle. Polizei und Reichswehr stoppten ihn.

Im Westen wuchs der Widerstand gegen die Besetzer. Versuche, eine Rheinische Republik und einen Autonomen Pfalzstaat zu bilden, scheiterten.

Zehn Jahre später hatte Hitler gesiegt, Baldur von Schirach das ‚Lied der HJ‘ geschrieben.

Im Mai 1933 wurde bekannt, in Berlin habe man Bücher verfemter Autoren verbrannt. Die Pimpfe in Neuherrsheim organisierten einen Lagerabend auf dem Maifeld, um Gleiches zu tun. Es gab keine Bücher im Dorf. Der Fähnleinführer ordnete an, ersatzweise alte Zeitungen zu verbrennen. So flogen Bündel der NSZ auf den Scheiterhaufen. Neben dem Feuer flatterte der dreieckige Wimpel. Er war zu grüßen.

Die Bewohner rheinauf und rheinab wollten nur eines, Not und Besatzung vergessen. Ihr Votum bei der Wahl zum Reichstag war eindeutig gewesen. Sie waren bereit, für die neue Freiheit alles zu wagen.

Im Oktober 1939 verweigerte ein Bub aus Kirchheim den Eid auf die Fahne. Ermahnungen an die Eltern fruchteten nichts. Der Junge kam zur Erlernung der Freiheit in Umerziehung. Er wurde nicht wieder gesehen.

Europa hatte sich zum zweiten Mal zu einem Weltkrieg

provozieren lassen. Im Reich war Recht und Gesetz geworden, was dem Endsieg diente. Diesem Ziel war alles unterzuordnen.

Am 14. Juli 1944 sang ein angetrunkener französischer Kriegsgefangener in Weiler die Marseillaise. Er wurde verhaftet und gilt seitdem als verschollen.

Am 9. November 1944 sang ein angetrunkener deutscher Kriegsgefangener in Villiers „Die Fahne hoch!" Er wurde verhaftet und gilt seitdem als verschollen.

1944 sangen Franzosen an ihrem Nationalfeiertag wieder ihre Hymne. Sie hofften auf den Endsieg.

Deutsche sangen an ihrem Nationalfeiertag noch ihre Hymne. Sie hofften auf den Endsieg.

Im März 1945 eroberten die Amerikaner das Städtchen Weiler. Sie brachten die neue Freiheit. Alle Erwachsenen im Ort mußten Bücher verfemter Autoren auf einen Scheiterhaufen werfen. Neben dem Feuer flatterten die Stars and Stripes. Sie waren zu grüßen.

Am nächsten Tag räumten die Amerikaner überraschend die Stadt. Eine SS-Einheit brachte die alte Freiheit zurück. Einige, die all zu eifrig Flagge gezeigt hatten, wurden gehenkt. Neben den Toten flatterte die Fahne. Sie war zu grüßen.

Am 20. April 1945 zogen hinter der Front her Franzosen durch das Land. Sie brachten eine neue Freiheit und hißten die Tricolore. Die war zu grüßen. Ein Bub aus Oberhasbach, zwölf, dreizehn Jahre alt, fuhr grußlos mit dem Rad vorbei. Der Junge kam zur Erlernung der Freiheit in Umerziehung. Er wurde nicht wieder gesehen.

Die Farben der Freiheit waren mal Blau mit Weiß und Rot, mal Blau-Weiß-Rot, vereinzelt kam Rot mit Schwarz in Weiß zurück. Die neuen Freiheiten waren meist identisch mit den alten Unfreiheiten. Die Betroffenen fragte keiner.

Im Mai 1949 erhielt Deutschland eine neue Fahne. Es war die alte Fahne der Freiheit. Sie war nicht zu grüßen. Viele Jahre grüßte auch keiner mehr.

Deutschland war wieder eine Demokratie geworden. Ihre Farben waren Schwarz-Rot-Gold, ihr Ziel die Umerziehung, ihr Ideal das Vergessen.

Im Mai 1988 zelebrierten unter der Leitung einer Nonne und einer Diakonissin Jugendliche beider Konfessionen eine ökumenische Feier auf dem Maifeld zu Neuherrsheim. Die Kinder mußten Bücher verfemter Autoren auf einen Scheiterhaufen werfen. Neben dem Feuer grüßten die Fahnen Weiß-Gelb und Weiß-Violett.

Im November des Jahres trafen sich junge Leute in der Wirtschaft „Zur Eisenbahn" in Neuherrsheim. Sie sangen das alte Lied „Grüßet die Fahnen, grüßet das Zeichen" und zeigten rotes Tuch mit weißem Kreis. Das schwarze Emblem hatte die Flügel gebrochen.

Am gleichen Tag trafen sich junge Leute im „Sportheim" am Maifeld. Sie sangen das neue Lied „Grüßt unsere Fahne, sie ist das Zeichen" und zeigten rotes Tuch mit gelbem Emblem.

Zur Mittagszeit marschierten beide Gruppen zum Kirchplatz. Die Bewohner blieben in ihren Häusern. Arme Leute können es sich nicht leisten, dagegen zu sein. Polizei versuchte, die Jugendlichen auseinander zu halten. Verletzte gab es nur bei den Bullen. Es heißt, eine Untersuchung sei eingeleitet worden.

Alles scheint wieder von vorne zu beginnen. Die Menschen begehen die gleichen Torheiten wie ihre Altvordern. Sie singen vereinzelt die alten Lieder, sie singen vereinzelt neue Lieder, die wie die alten klingen, die meisten singen gar nicht, denn sie sind nicht interessiert.

Aus der Geschichte haben sie nichts gelernt. Von wem auch? Sie haben keine Geschichte mehr.

Germanen

Du weißt doch wie das ist: Keine Papiere, keine Arbeit! Keine Arbeit, keine Papiere! Das war früher noch schlimmer. Überhaupt bei uns, wo so viele hausieren gegangen sind. Und sowas gilt nie als Arbeit. Und die, wo nach dem ersten Krieg gekommen sind, da war doch gar nichts mit Papieren!

Bis der Höry auftaucht.

Das war ein Kerl!

Ich war ja bloß ein Bub anfangs, aber ich hab schon mitgekriegt, was das für einer war. Und alles nur wegen der Frau, die wir ihm gepflegt haben.

Der Höry war einer von den Öbersten bei der Eisenbahn und auch in der Partei und der hat alles gemacht. Papiere besorgt und ab auf die Rott und du warst Eisenbahner. Schaffen hast du müssen, mein lieber Freund, bei Wind und Wetter, aber viele sind vorangekommen, sogar Beamte und ein Siedlungshaus. Aber auch in die Partei oder so. Das hat uns nix ausgemacht, wo wir doch alle profitiert haben.

Ein paar waren da, wo nie nix zu machen war von wegen Papiere, Ausländer oder Staatenlose. Da war auch beim Höry nix.

Bis dreiunddreißig!

Schickt die doch der Höry auf die Gauleitung oder wo, dort sagen die, sie wollen richtige Volksgenossen sein und keine welsche Namen haben. Du wirsts glauben oder nicht, die kommen heim und sind Germanen!

Der Baquet, der war untergetaucht, weil er das Képi geschmissen hat[1], der heißt auf einmal Backe. Und der Luszczkowski, das war ein Pirunje[2], der hat nicht mal deutsch

---

[1] Aus der französischen Fremdenlegion dessertiert.
[2] Deutscher polnischer Abstammung, eine auch für Oberschlesier gebräuchliche Bezeichnung.

gekonnt, Radfahrrad hat der gesagt und Kreizrote Schwester und so, der kommt und heißt Lutz und drischt die große Trommel im Musikzug.

Und weißt du wie der Fastnacht geheißen hat? Du lachst dich tot, wenn ich dirs sage: Carnevale. So warens noch mehr. Bloß die Millers und der Levy, da war nix zu machen. Aber die hat der Höry rechtzeitig weggeschafft.

Und weißt du was fünfundvierzig war? Die anderen, die wo noch daheim waren, die haben sie geschaßt und ab ins Lager, bis nach Marseille ins 404, wo so viele krepiert sind. Bloß die drei Gauner und ihre Brut, die sagen, sie sind politisch verfolgt, sogar den ehrlichen Namen haben sie hergeben müssen. Da waren die bei den Amis entnazifiziert schon im voraus, und der Fastnacht macht Bürgermeister und der Backe Gendarm und der Pirunje Ratsschreiber, obwohl der nicht weiß, was am Federhalter hinten und vorne ist. Darfst mirs glauben, die haben sich kaputt gelacht und wieder lebendig! Die Franzosen haben sie gleich wieder abgesetzt.

Aber für uns wars gut. Die haben geschworen, wir sind alle erpreßt worden von den Öbersten, weil, wir sind arme Leute, mit uns kann mans machen. So sind die meisten, die nicht beim Militär waren, bald zurück, überhaupt die Eisenbahner, die haben sie gebraucht.

Die neue Gasse zu Dörfel runter heißt Hörystraße.

Merkst was?

Biographie

HÖRY, Heinrich, Dr. Ing., Ministerialdirigent a.D.,
geb. 20. Apr. 1884 in Saargemünd, gest. 24. Jun.
1974 in Mannheim. Ing.Stud. und Prom. an der
TH Charlottenburg. Baumeisterausbildung bei der
Deutschen Reichsbahn. Stationen: Straßburg i./E.,
Saarburg i./L., Frankfurt a./M., Berlin, Straßburg i./E..
Schinkelpreisträger.

1918   Mitglied des Kommitees zur Übergabe der
       Kaiserlichen Reichsbahn in Elsaß-Lothringen
       an Frankreich.

1923   Mitorganisator des Passiven Widerstandes.
       Eintritt in die NSDAP.

1924   Organisator der Beratungsstellen für aus-
       gewiesene Eisenbahnbeamte. Verantwortlich
       für Versorgung und Wiedereingliederung.

1935   Mitglied des Kommitees zur Übergabe der
       Saarländischen Eisenbahn an das Deutsche
       Reich.

1939   Ministerialdirektor in Berlin.

1940 – 44 Beauftragter für das Eisenbahnwesen
       im Westen.

1945   Gefangennahme, Internierung wg. geheimdienstl.
       Tätigkeiten.

1949   Als Ministerialdirigent im Verkehrsmini-
       sterium in den Ruhestand versetzt.

Verfasser zahlreicher Bücher über den Eisenbahn-
bau. Politische Schriften. Träger hoher Auszeich-
nungen.

Klatsch

Also, wie es ganz früher war, willst du wissen? Schreib auf!
Ich kann zurückdenken bis vor den ersten Krieg. Damals war
in der Schule nicht viel los gewesen, weil die Kinder mit den
Großen herumgezogen sind. Ich war immer im Dorf, weil ich
schief bin und für das Geschäft nichts tauge. Deshalb habe ich
hier auch alles erlebt und deshalb weiß ich auch alles.

Fangen wir an.

Am Wald war schon immer der Stellplatz. Dorthin kommen
auch heute noch ab und zu Zigeuner. Drei Tage dürfen sie
bleiben, dann müssen sie ziehen. Damals haben die Millers
zum Dorf gehört. Die sind zwar auch herumgezogen, aber ein,
zwei Wägen voll waren meistens da. Du hast nie gewußt, sinds
im Augenblick zehn oder hundert. Meist waren es um die
dreißig. Am Hansentag[1] kommen heute noch Zigeuner zum
Fest und zur Prozession.

Am Wald war auch der Carnevales ihr Platz. Im Winter
waren sie Bärenführer und Drehorgelspieler. Vor denen habe
ich immer Angst gehabt, weil der Bruno einmal nach mir
gepfödelt hat. Der Bruno war ein riesengroßer Tanzbär. Im
Sommer sind die mit ihren drei Wagen und ein bissel dressier-
tem Viehzeug als Zirkus übers Land. Alle müssen mitmachen,
als Dummer August, als Tanzmariechen oder sonst was. Nur
der Alfons war da, weil er die Auszehrung[2] hat. Der war wie ich
immer in der Schule und gar nicht dumm. Die Carnevales
waren oft in Schereien mit den Papieren, bis der Alfons das
mit dem Höry geregelt hat.

Mit dem Zirkus sind manchmal Rumläufer gekommen, wie
die Falléris, sie haben Mausefallen gebaut und Ratten gejagt.

---

1 Johannistag
2 Schwindsucht

Zu denen haben alle Mausfalléri gesagt. Die Jungen führen heute ein Geschäft in der Stadt, ABC-Schädlingsbekämpfung und Co. Ratten jagen die immer noch. Der Anton aber, der hat Tonios Auktionshaus Casa dell' Arte gegründet. Das muß ich dir extra erzählen.

Auch der Paretti ist so hier hängen geblieben. Der war mit einem kleinen Stand auf Kirchenfesten, dort hat er Heilige aus Gips für Marmor verkauft. Heute haben die vier Kerwewagen[1], mit denen ziehen sie herum und verkaufen Figuren und Vasen. Außerdem haben sie einen Großhandel mit italienischen Kacheln.

Die Carnevales heißen jetzt Fastnacht und haben auch auf Kerwe umgestellt, eine Reitschule[2] und einen Gutselstand[3] und sie backen das beste Magenbrot weit und breit.

Den Alfons haben sie übrigens geheilt. Er war später auf dem Ernährungsamt und einmal sogar Bürgermeister. Trotzdem, die drei Familien waren nie so ganz von uns, obwohl wir hier nie Vorbehalte haben, von den Maroks mal abgesehen.

Richtig angefangen hat das Dorf mit dem Franzosenhaus, das erste in der Obergasse. Dort war die Herberge für Handwerksburschen, die bei uns durchgezogen sind. Herbergseltern waren die Kasperowskis. Die waren nicht verheiratet. Er hat auch anders geheißen, aber keiner weiß, wie.

Dann die Häuser vom Dorf, alles einstöckige Lehmhütten, immer naß von unten her.

Von oben warens die Nothdurft, der Jablonka, der Peifer und der Östreich, alles Hausierer. Die Peifers sind das noch, sie reisen in Aussteuer.

Vis à vis die Müllerseite. Die heißen alle Jean, Johann der IV., der I. und der V., das waren Vater und Sohn, der III. und der

---

[1] Kirmeswagen
[2] Karussell
[3] Süßwarenverkauf

II., so, wie sie geboren waren. Einer war Siebemacher, dann Kesselflicker und Messerschmied, einer Peitschenmacher und einer Korbflechter. Die sind mit ihrem Handwerk und mit ihrer Ware monatelang durchs Land gezogen. Die Korbmacherei existiert wieder. Der Hudelmeyer, der kommt aus der Oberpfalz und hat eingeheiratet und weil die Weiden am Weiher noch da waren, hat der wieder angefangen. Heute schaffen Türken für ihn. Er selber geht nur noch auf Messen. Fingerlang gehandelt ist halt immer noch besser als armlang geschafft.

Dann quer der Alte Weg, danach auf jeder Seite elf Meesekar[1], alles Tagelöhner und Holzmacher.

Um die Ecke zum Wald hin der Kaiser, der war Lumpenmann, und der Barfuß, der hat Hasenpelze und Geißenhäute gesammelt und an die Gerberei verkauft. Die Jungen sind beim Leder geblieben, sie haben in der Stadt das große Schuhhaus Barfuß.

Jetzt der Nowak. Der war Sauhändler und hat noch vor dem Krieg ein richtiges großes Haus gebaut mit Stall und Scheuer, über drei Grundstücke weg. Später hat er an den Levy verkauft und an der Bahn neue Stallungen hingestellt mit Gleisanschluß vom Bahnhof drüben her. Heute sind das die größten Viehhändler weit und breit, aber frage nicht, wie die zum Vieh gekommen sind.

Dann das Schulhaus, an der Ecke zum Kirchplatz. Da war nur ein Schulsaal, der war auch Gemeindesaal. Oben hat der Lehrer gewohnt, der hat den Ratsschreiber machen müssen. Bei uns hat nie ein Lehrer lange ausgehalten.

Bei uns war nur eine kleine Kirche, die war nicht einmal bezahlt und am Feiertag sind gar nicht alle reingegangen, so eng wars. Zu der Zeit war der Pfarrer noch aus Weiler, jeden

---

[1] Maison Carré, kleine Hütte mit nur einem rechteckigen Raum für die ganze Familie.

Samstag. Erst der Höry hat einen Kaplan hergebracht. Der Nowak hat das Pfarrhaus gestiftet und die Kirche vergrößert, als Sühne, weil er ein Kriegsgewinnler war. Später wars dann ein Pfarrer.

Die in der Untergasse waren auch nicht reicher, sie hausieren oder waren im Tagelohn. Von da hat der Höry die ersten zur Eisenbahn geschafft. Dort war noch ein Müller-Jean, Johann der VI., der war viel jünger als wie die anderen.

Die armen Leute im Dorf waren fast alle Geißenbauern. Nur in der Zwerchgasse warens Kühe und größere Geraite mit Scheuern und Ställen. Die da wohnen, sind irgendwann aus dem Schwäbischen gekommen. Ich weiß das genau, weil ich für den Ahnenpaß die Namen gebraucht habe. Mein Großmutter war eine Öchsle aus dem ersten Hof.

So haben sich alle in den einzelnen Gassen zusammengefunden, und wenn einer sagt, der ist aus der Obergasse, weiß gleich jeder, daß da nicht viel ist.

Im Eisenbahnpfad wohnen fast lauter Musikanten. Die waren nach dem siebziger Krieg eingewandert, der Böhm, der Benesch, die Hajeks, der Petrak, der Cech und die alten Nowaks. Die sind bis Amerika und Rußland gekommen mit ihrer Dudel[1].

Der Jüngste vom Cech war einmal Deutscher Meister im Bandoneonspielen[2] und die Petrak Franziska studiert Musik, wo ihr Großvater nicht einmal Noten gebraucht hat.

Wie die Millers. Das war eine Zigeunerkapelle und niemand kann Noten. Die sind damals über Frankreich nach Spanien, von dort stammen sie auch her. Einer ist heute ganz berühmt. Er spielt mit der Gitarre im Fernsehen. Ich weiß nicht, ob es stimmt, man sagt, die kommen nicht mehr, weil sie jetzt protestantisch sind. Zigeuner und protestantisch und das in

---

1 Klarinette
2 Knopfharmonika

26

Spanien, das ist wie Paprika in Zuckerguß, nicht zu genießen, sagt unser Herr Pfarrer.

Das Dörfel war damals noch nicht. Bloß das Bahnwärterhaus und auf der anderen Seite vom Damm das Eisenbahnerwohnheim. Das war schon auf Kirchheimer Gemarkung und die Leute dort sind auch als Katholische lieber ins Wirtshaus beten.

Die Bahn hat hier viel Land, weil sie früher einmal eine Linie in die Berge haben bauen wollen, um Eisenstein zu transportieren und Holz, aber das war nicht recht rentierlich. Jetzt müssen alle Stammfuhren aus dem ganzen Tal hier verladen werden. Deshalb die großen Lagerplätze. Im Krieg war auch eine Baracke dort mit einer Ausbesserungswerkstatt für den Notfall. Das aber kann dir der Adam besser sagen, der weiß das alles, weil er im Vorstand von der Siedlergemeinschaft sitzt und alle Papiere hat.

Was soll ich noch erzählen?

Daß es für uns alle sehr schlecht war in unserer Jugend? Viele waren betteln, manche stehlen vor Hunger. Im Winter siebzehn haben sie sogar Hunde gefressen. Und die Falléris sollen die Ratten nicht nur gefangen sondern auch gekocht haben. Von draußen will bis heute keiner was von uns wissen und wenn in der Gegend etwas passiert, kommt die Polizei erst einmal nach Neuherrsheim. Da helfen auch die großen Häuser nichts, die manche gebaut haben. Ruf ist Ruf.

Als erster im Dorf hats der alte Nowak geschafft. Er war aus Amerika zurück mit Geld im Sack. Damit fängt er einen Sauhandel an. Das lohnt sich, denn er war konkurrenzlos. Vierunddreißig hat er dem Katz den Viehhandel abgefuggert[1], später den vom Grünberg mit übernommen, wie der weg war. Am Ende vom Krieg hat er sich dann ganz gesund gestoßen.

---

[1] Wie ein Fugger zum eigenen Vorteil abgehandelt.

Damals haben sie aus dem Westrich[1] und aus dem Elsaß das Vieh ins Reich getrieben. Ganze Herden, meistens nachts und durch den Wald, wegen der Jabos[2], bis hierher auf den Holzplatz zum Verladen. Da hat der Nowak die schönsten Tiere sich ausgesucht, alles fettes Milchvieh von der Lothringer Höh und dafür seine halbverhungerten Fahrkühe losgelassen. Andere machen das nach, aber der Alte hat halt das richtige Auge dafür. Den Viehtreibern war das egal, Hauptsache, die Zahl stimmt. Es waren Polacken, die haben für ein bißchen Tabak alles gemacht. Und als fünfundvierzig nach dem Rückzug der Wald voller verwilderter Militärgäule war, haben die eingefangen, was nur ging. Richtig mit dem Lasso. Das kann er aus Amerika.

Noch zwei waren damals reich geworden, der Kaiser und der Falléri-Toni.

Früher, wenn die Kaisers über Land waren, hat immer irgendwo etwas gefehlt. In manche Dörfer haben die gar nicht mehr gedurft, weil die Bauern sie mit Hunden gehetzt haben. Dauernd waren einige eingelocht. Das macht nichts, denn es waren zwölf Buben und die Afra, und wenn ein paar im Kittchen waren, war ein Dach überm Kopf und sie daheim vom Tisch.

Ein Lumpenmann war damals noch weniger als wie ein Kesselflicker, schon weil die immer gestunken haben von den mitgesammelten Knochen. Und dann kommt der Hitler und der Kaiser wird wie der Barfuß gleich ein wichtiger Volksgenosse. Die haben wertvolle Rohstoffe besorgt. Stell Dir vor! Keiner hat sich mehr getraut, die wegzujagen.

Die ersten guten Geschäfte waren für den Kaiser mit Flaschen. Sein Alban war Jungzugführer. Der hat mit seinen Hitlerbuben in allen Orten rundum Flaschen gesammelt und

1 Westteil der Westmark mit Hinterpfalz, Saarland und Lothringen.
2 Jagdbomber

bei der Zentrale abgeliefert. Die war natürlich beim Kaiser. Und der Alte hat schön brav alles in die Stadt gebracht, aber Pfand dafür kassiert. Den Trick machen einige von denen noch heute. Letzt haben die beim Supermarkt hinten Wasserkästen geklaut und vorne wieder abgegeben. Dumm nur, man hat sie erwischt.

Nach dem Krieg sind die über die Trümmer gezogen, haben das Baueisen herausgebrochen, mit einer selbstgebauten Maschine einigermaßen gerade gebogen und verschoben. Bei der Währungsreform waren die steinreich. Weil sie aber der Bank nie getraut haben, war alles verloren bis auf ein paar Goldstükke. Zwei Buben leben noch im Ort. Sie sind wieder einfache Lumpenmänner. Alles fort! Und froh, wenn sie beim Sperrmüll ein paar alte Ofenrohre finden oder Draht oder was sie sonst weiterverkaufen können.

Nur etwas ist anders geworden. Sie waschen sich.

Der Toni Falléri war ein richtiger Itaker, ein Schlaumeier, wie er im Buche steht. Er war irgendwie zu Geld gekommen und damit hat er vom Levy aus Freundschaft das Haus übernommen. Da war viel Platz. Die Buben vom Toni, der Arno und der Tonio, waren Führer bei der HJ. Als wegen der Brandgefahr die Speicherentrümpelung war, haben die beiden mit ihren Hitlerbuben beiseite geschafft, was möglich war. Uralte Bücher, Bibeln, Bilder, Geschirr, Möbel, was weiß ich. Und alles schön brav zum Toni. Die Bauern in den Dörfern waren froh, daß sie die Arbeit nicht selber haben tun müssen. Die großen Sachen haben die noch im Krieg in Heidelberg verscherbelt. Das Kleinzeug hat die Bomben überlebt. Mit dem hat er angefangen, die zweite Million zu machen.

Heute wohnt keiner mehr von denen im Dorf, aber das Haus steht noch und ist bis unter das Dach voll mit dem, was die Leute nach dem Krieg beim Hamstern getauscht oder noch später einfach weggeschmissen haben. Die Afra bewacht alles. Sie hat ein Kind vom Arno. Und wenn einer von den Kaisers beim Sperrmüll etwas wertvolles entdeckt, kauft sie ihm das ab. Für Tonios Casa, versteht sich.

Aber der Größte im Dorf war der Höry, obwohl er eigentlich gar nicht hier gewohnt hat. Weihnachten achtzehn war er gekommen. Keiner weiß so recht, weshalb ausgerechnet hierher, wahrscheinlich, weil ihm noch vom Krieg her der Holzplatz unterstanden hat, auf dem immer viel Militärgut verladen worden war.

Also, der Höry kommt und zieht zuerst einmal in Nowaks altes Haus am Kirchplatz. Nur drei, vier Bündel hat er mit, sonst nichts, und die Marlene. Es war kalt im Winter achtzehn, überall die große Grippe, Höry kennt niemand und seine Frau war krank. Am Abend kommt er zu uns und fragt, ob wir nicht die Marlene eine zeitlang pflegen können. Arm wie wir waren, haben wir sofort ja gesagt. Anscheinend haben wir unsere Arbeit gut gemacht, denn er hat sie dann bis zum Schluß da gelassen.

Marlene hat in all den Jahren nie ein Wort mit jemandem geredet, auch nicht mit ihrem Mann. Sommers war sie im Garten, winters am Fenster in der Vorderstube. Wenn wir sagten: „Eßt, Marlene!", hat sie gegessen, wenn wir sagten: „Es ist Zeit, geht ins Bett!" ist sie ins Bett. Sie wäre nie zum Abort, hätten wir sie nicht hingeschickt. Nur gewaschen hat sie sich allein. Jedesmal, wenn Wasser in der Nähe war, zieht sie sich aus und fängt an, sich zu waschen. Dagegen hat kein Doktor geholfen und nichts.

Einmal war ein berühmter Professor da, der hat etwas gesagt, von dem ich gar nicht weiß, was es bedeutet, ich habe mir aber das Wort gemerkt: Besudelungsneurose. Damals hat uns der Höry erzählt, was passiert war.

Vierzehn waren die Franzosen bis über Saarburg vor. Sie lassen die Bevölkerung weitgehend in Ruhe, denn der General hat ihnen gesagt, alle Lothringer sind Franzosen, denen darf nichts passieren. Die Soldaten haben den einfachen Leuten auch nichts getan. Die Hörys aber waren in einer Villa vor der Stadt. Die haben ein paar Poillus[1] auf eigene Faust erobert. Marlene war allein daheim und eine schöne Frau. Den Rest kannst du dir denken. Als die Deutschen zurück waren, haben sie die Kerle noch erwischt. Für Marlene aber waren sie zu spät gekommen, die war meschugge[2]. Nie wieder hat sie mit jemand geredet, sich nur gewaschen und wenn der Höry kam, hat sie sich stundenlang an ihn geklammert und geweint. Nachts, da hat sie manchmal ‚Menno! Menno!‘[3] gejammert, oder so ähnlich. Das waren die einzigen Worte von ihr.

Der Höry hat alles für seine Marlene gemacht, auch wenn er immer seltener hat kommen können, weil er einer der Öbersten bei der Eisenbahn geworden war, aber wie sie vierzig gestorben war, läßt er sie daheim begraben, bei ihrem Hof, von dem sie stammt und der damals wieder deutsch geworden war.

Auch für das Dorf hat er sich eingesetzt, wos nur war, aus Dankbarkeit, wie er immer sagt. Nie war er hochmütig. Er war der erste, der die Neuherrsheimer als Menschen genommen hat. Obwohl er nicht katholisch war, hat er dafür gesorgt, daß ein Kaplan endlich im Dorf war, denn man muß seine Rechnung mit dem Himmel rechtzeitig machen, war seine Rede. Noch während dem Passiven Widerstand hat er die Weichen gestellt, wie mein Andres immer sagt. Ihn hat er zusammen mit dem Müller-Jean und dem Adam als erste zur Eisenbahn gebracht, sie hochkommen lassen. Sie sind sogar noch Beamte geworden und der Jean hat geschafft, von dem alle im Ort träumen: Er hat sich zwei Wingert gekauft und ist Winzer geworden, wie die aus dem alten Dorf.

Schritt für Schritt hat Höry uns geholfen, das Dörfel gebaut, die erste Eisenbahnersiedlung weit und breit. Wir waren zwar

---

1 Poillus, Spitzname für französische Soldaten
2 verrückt geworden
3 „Mais non! Mais non!" frz. (Aber) Nein! (Aber) Nein!

noch arm, nie bares Geld, aber wir waren auf einmal wer, im Land und in der Partei.

Natürlich haben wir nicht alles mitgemacht, siebenunddreißig zum Beispiel war das, als der Göring, glaub ich, etwas gegen die Katholiken angezettelt hat, wegen dem Papst[1]. Der Höry war damals gerade im Dorf und weiß vor Wut.

‚Wie wollen die ein großes Reich gegen unseren Herrgott schaffen?' hat er den Kaplan angebrüllt. Und der hat zurückgebrüllt: ‚Nie, du Depp, denn das wahre Reich ist nicht von dieser Welt, das kommt erst im Paradies!' Du Depp, sagt der, und der Höry war ganz verbittert. Aber er war ein hoher Beamter, also hat er mitgemacht, wie die vielen andern auch.

Wir kleinen Leute haben gar nicht recht begriffen, was bei den Großen wirklich gelaufen ist. Wichtig war, uns hatte man aus dem Dreck geholt und wir haben beides machen können, in der Partei sein und in die Kirche gehen und wenn tatsächlich einmal Scherereien waren, dann von den Protestanten. Aber das waren wir schließlich gewohnt.

Ich weiß noch, vierundvierzig, zur Johannisprozession, kommt einer von der Gauleitung. Er redet zu uns am Altar vor der Kirche, lobt unsere Treue zum Staat und zur Partei, ruft zum Durchhalten auf, da braust auf einmal einer von den Kellys mit zwei, drei anderen in einem Auto ins Dorf, quer über die Blumenteppiche auf dem Platz, so, daß alles kaputtgeht, läßt halten und brüllt Kommandos an die Jungen. Er war da gerade befördert worden und will seine Macht zeigen gegen uns Katholische.

Keiner hat sich gerührt.

Kelly brüllt weiter, von Verrat und Disziplinlosigkeit und Erschießen, da sieht er, wer am Altar steht. Hast du schon einmal gesehen, wie ein Ochse zusammenfällt, wenn er geschächtet wird?

---

1 Enzyklika ‚Mit brennender Sorge'.

So wars mit dem Kelly. Auf einmal war nichts mehr von ihm da. Mucksmäuschenstill wars auf dem Platz!

Der Bonze hat ganz ruhig gesagt: „Bannführer Kelly, fahren Sie zur Kreisleitung und erwarten Sie mich dort!"

Weil aber alles ruhig und still war auf dem Platz, war das lauter als wie das Geschrei vorher.

Den Kelly hat im Dorf niemand mehr je wieder gesehen.

Was war noch?

Vierundzwanzig das erste Telephon für das Nowak-Haus an der Bahn, achtundzwanzig den ersten Strom, kaum einer hat ihn sich leisten können, vierunddreißig die Wasserleitung, achtunddreißig das erste Pflaster vor der Kirche, weil sie den Platz nach dem Hitler haben nennen wollen, was die Kreisleitung verboten hat, solange dort nur ein Schlammloch war. Na und vierundvierzig die Bomben.

Das andere weißt du schon oder wirst es noch erfahren.

Dazu wünsche ich dir viel Spaß.

Cech

Und da war doch noch das mit dem Cech in Berlin.

Wie war das denn, verdammt und leck mich!

Oder wars in München?

Warte, ich habs! In Nürnberg wars!

Ja, in Nürnberg.

Richtig, so war das mit dem Cech.

Siehst du, mit der Zeit läßts nach im Kopf.

Der Cech!

Ich weiß noch, wie er abgefahren ist. Sogar die Haare hat er sich schneiden lassen.

Und dann war er weg.

Und dann war das in Berlin.

Oder wars in München?

Ich schmeiß immer alles durcheinander. Der Kopf will halt nimmer.

Nein, Nürnberg muß es gewesen sein.

Aber so wars, wie ich gesagt habe. Ich schwörs, so wars mit dem Cech in Berlin.

Mausfalléri

Ich muß einmal mit jemandem darüber sprechen. Warum nicht mit Ihnen, der Sie sowieso fast alles wissen?

Sie kennen meine Familie. Wohlhabendes Haus. Antiquitäten in der dritten Generation. Meine Vorfahren waren einst aus Italien eingewandert. Arme Älpler, die der Hunger aus ihren Tälern vertrieben hatte. Sie fanden hier in einem Dorf Unterschlupf, auch reichlich zu tun. Sie waren Muser, wie man im Oberland sagt, Mausefallenhändler, die gegen Entgelt auch Mäuse und Ratten fingen. Dies war eigentlich eine wichtige Tätigkeit, denn die Plage scheint damals unendlich groß gewesen zu sein. Ich fand in einer alten Chronik aus Oberhasbach, die bei uns zum Verkauf kam, daß im großen Mausjahr 1872 jeder Bürger, ob Kind, ob Greis, mindestens hundert tote Mäuse hatte auf dem Bürgermeisteramt vorzeigen müssen. Arbeit gab es also genug und guten Absatz für die Fallen. Dazwischen aber auch immer wieder Hungerzeiten.

Sie werden sagen, was sie taten sei nicht ehrenrührig. Richtig. Und bald war es ihnen ja auch gelungen, wirtschaftlich Fuß zu fassen, aufzusteigen, vor allem wegzuziehen in die anonyme Stadt. Hätte mein Vater nicht noch ein Außenlager in dem Dorf, ich wüßte vermutlich nicht, daß dieser Ort existiert.

Die Dörfler aber haben uns nicht vergessen!

Es war vor gut einem Jahr. Ich hatte gerade mein Examen bestanden, feierte mit Kommilitonen, lud anschließend meine Freundin in ein schickes italienisches Lokal ein, das glaubte ich dem Anlaß schuldig zu sein, bestellte Spumante.

Da kamen drei junge Leute an unserm Tisch vorbei, Studenten, offenbar. Ich kannte sie nicht. Einer blieb stehen, sah mich an, fragte: „He, gehörst Du nicht dem Tonio?"

Ich machte einen Fehler; denn anstatt ihn abzuwimmeln, sagte ich stolz: „Jawohl, Tonio Falléri ist mein Vater." Er lachte und sagte zu den anderen: „Ein Mausfalléri! Früher haben die Ratten gefressen, heute saufen sie Sekt!"

Die drei gingen weiter. Bevor ich reagieren konnte, waren sie verschwunden, und ich habe sie nie wieder gesehen. Wie erschlagen schaute ich zu meiner Freundin und sah nur noch entsetzte Augen.

Ratten! stand darin zu lesen!

Ratten gefressen, der Mausfalléri!

Sie sprang auf, rannte zur Toilette. Schon im Flur mußte sie sich übergeben.

„Rühr mich nicht an!" schrie sie, als ich ihr helfen wollte.

„Rühr mich nicht an!"

Auch sie habe ich bis heute nicht wieder gesehen.

Sie werden verstehen, die Sache läßt mich nicht los, Tag und Nacht nicht los!

Mausfalléri!

Rattenfresser!

Mir wird rot und schwarz! Rot und schwarz vor Augen, wenn ich daran denke. Und ich denke fortwährend daran!

Sehen Sie, ich mußte nach dem Examen gleich wegziehen, weil mein Doktorvater einen Ruf nach Köln erhalten hatte und auf mich als Assistenten nicht verzichten wollte. Somit komme ich selten zurück an meine alte Alma Mater, aber wenn ich dort bin, streiche ich Stunde um Stunde durch die Gassen, immer auf der Suche nach diesem Kerl.

Alles habe ich schon unternommen – nichts!

Mein Vater hat im Dorf nachgeforscht – nichts!

Glauben Sie mir, um selbst wieder Ruhe finden zu können, muß ich diesen Kerl finden. Dann kann er sein Testament machen!

Büttenrede

Genossen   (Tusch)

Jetzt lachen sie, die Genießer.   (Tusch)

Genossen habe ich das Jahr,
das mir, der Frau, gewidmet war.   (Tusch)
Da war ich wer, da durft ichs sein:
Verheiratet, – und doch allein.
So, wie die meisten hier am Ort.
Die Männer sind doch dauernd fort,
jahraus, jahrein nur auf der Walz
in Baden, Hessen, in der Palz

Und immer mit der Eisenbahn.
Sie lebe hoch! Dort schafft mein Mann.   (Tusch)

Wer hilft den Männern erst zum Leben?
Wer kann Trost und Hoffnung geben?
In Haus und Hof, wer rafft und schafft?
Es ist die Frau mit ihrer Kraft!   (Tusch)
Fast alles muß sie selber machen
für ihn, sonst hat sie nichts zu lachen.
Und braucht sie mal so einen Wicht,
sagt der: „Es geht nicht, ich hab Schicht."   (Tusch)

Es lebe hoch die Eisenbahn!
Wenn man ihn braucht, muß dort er dran!   (Tusch)

Wie hier im Dorf fast jeder Mann
ist auch mein Karl bei der Eisenbahn.
Dort trägt er die Verantwortung.

Dort hält den Bahnhof er in Schwung
und wartet auf Beförderung (Tusch)
von Gütern und von Menschenmassen (Tusch)
(Ihr müßt mich halt ausreden lassen!) (Tusch)
in Uniform und roter Kapp.
Und wenn er heimkommt, ist er schlapp (Tusch)

Zum Glück gibt es die Eisenbahn,
als Ausred', wenn er nimmer kann. (Tusch)

Mein Karl, der ist ein bißchen eitel
drum trägt im Dienst er Mittelscheitel.
Sagt einer zu ihm Popokopp,
ist er beleidigt und wird grob:
„Ich bin Beamter, bin vereidigt!
Und wer 'ne Amtsperson beleidigt,
dem wird gleich der Prozeß gemacht!"
So schreit er dann, und alles lacht.

Da seht ihr es, die Eisenbahn
verlangt halt doch den ganzen Mann. (Tusch)

Da neulich sehe ich im Traum:
's liegt blau und faul unterm Zwetschgenbaum.
's ist nicht die Quetsch mit einem Worm,
's ist mein Karl, in Uniform! (Tusch)
Bald müht er sich, um aufzustehn.
Ich ruf ihm zu: „Ich kanns nicht sehn!
Nimm mal die Hände aus der Tasche,
damit du aufstehn kannst, du Flasche!" (Tusch)

Ja, wer nichts ist und wer nichts kann,
der geht zu der Eisenbahn! (Tusch)

So geht die Zeit und man wird älter,
die Lieb wird kalt, der Karl wird kälter.
Da habe ich zurückgedenkt,
was uns das Jahr der Frau geschenkt.
Es stieß den Pascha von dem Thron,
rief auf zur Ehemannzipation!   (Tusch)
Die neue Frau muß endlich kommen!
Da hab ich die beim Wort genommen:

Jetzt werd ich selber Eisenbahn!
Mein lieber Karl, jetzt bist Du dran!   (Tusch)

Ich mußt nur blaue Bettwäsch kaufen,
wie eine Lok tat ich schon schnaufen.
Mein Hinterteil ist wie ein Tender,
mein Busen ein Laternenständer.   (Tusch)
Die Haut, die ist noch erster Klasse.
Und lege ich der Beine Masse
dahin wie einen Schienenstrang
ist um den Bahnhof mir nicht bang!   (Tusch)

Das ist die rechte Eisenbahn
für meinen Karl. So nahm ich an.   (Tusch)

Ihr lieben Leut, ihr dürft nicht lachen!
Was soll ich mit dem Karl bloß machen?
Sein Fleisch ist schwach, da hilft kein Geist,
er ist vorm Bahnhof schon entgleist!

Helau!   (Tusch)

Weiberfastnacht

Geh fort, daß du noch Spaß daran hast!

Die Fastnacht nutzen, um mit den Mannskerlen rumzumachen!

Hast du immer noch nicht genug?

Ich stelle mir vor, wie es richtig wäre, wenn der Donnerstag kommt und ich nehme die Schere und schneide ab, was rumbammelt.

Nicht bloß die Krawatte. Alles!

Alles weg, und keiner könnte mir mehr etwas antun.

Alle zu Weibern machen!

Weg mit!

Und endlich Ruh!

Dreiunddreißig

Wir waren schon immer arme Leute. Und arme Leute haben es sich noch nie leisten können, gegen irgendetwas dagegen zu sein, egal wo.

Nicht einmal der Levy. Und der hat Geld gehabt.

Der Levy war ein Freund vom Höry, die sind aus dem Saargebiet oder aus dem Bitscher Land[1] und der Levy hat dort auch fortgemußt, weil er Offizier war bei den Deutschen im ersten Krieg. Er ist ins Rheinland, aber dann war was im Passiven Widerstand, auf einmal kommt der Höry zu mir und sagt: ‚Seppel, Ihr habt noch ein bissel Platz, für ein paar Tage muß einer verschwinden vor den Franzosen.‘ Es war der Levy mit seiner Ruth und dem Fritzel und der Friedericke. Die war krank und ist bald gestorben. Deshalb sind sie auch da geblieben, wegen dem Grab. Der Levy hat vom alten Nowak, der war Sauhändler wie der junge auch, von dem hat er das Haus gekauft, weil die neu gebaut haben.

Der Levy ist nicht in die Partei, aber der Fritzel war Pimpf beim Spielmannszug und er war mit Leib und Seel' dabei.

Gleich Anfang dreiunddreißig ist der Höry aus Berlin gekommen und sagt zum Levy: ‚Kurt, es ist besser ihr geht. Was da auf uns zukommt, ist bös. Aber anders kriegen wir die Heimat nie mehr. Und ich habs doch versprochen.‘ Er hat die kranke Frau gemeint, die Marlene. Sie war von einem Mennonitenhof auf der Lothringer Höh. Die haben wie die Juden einen Extrakirchhof nur für sich. Wenn sie dort nicht begraben werden, kommen sie nicht in den Himmel, glauben die.

Der Levy hat erst noch gemeint, er ist Offizier und der Fritzel ist Pimpf, und die Ruth will nicht weg wegen der Ricke ihrem Grab, uns tun sie nichts. Die in Weiler und die Kellys aus

---

[1] Ostlothringen

Altherrsheim, die haben aber schon gehetzt gegen die Vieh-händler und die Weinjuden und die alle.

Der Höry ist bald wieder da gewesen und hat was gewußt. Da sagt der Levy: ‚Aus, wir gehen auf Amerika.‘ Er hats Haus verkauft, an den Falléri, der hats gut bezahlt, ein Preis unter Brüdern. Dann hat er alles zu Geld gemacht. Aber Geld mitnehmen auf Amerika war verboten.

Was hat er gemacht? Er hat Schabbesdeckel[1] gekauft. Nichts als Schabbesdeckel. In Frankfurt, in Mannheim, in Karlsruhe, überall, wo er hat was bekommen können. Der Höry hat ihm noch aus Berlin besorgt und aus Breslau. Alles war voll mit Hutschachteln. Die Papiere hat der Levy leicht gekriegt, weil er gesagt hat, er verkauft die Deckel ins Ausland. Ein Möbel-wagen voll wars, wie die weg sind auf New York.

Vorher ist der Levy noch zu mir gekommen und hat gesagt: ‚Seppel, Ihr seid ein anständiger Mensch. Baut mir die Sohlen ein.‘ Hat der doch drei Paar Sohlen aus Gold, bloß schwarz angestrichen! Woher die waren, weiß der Liebe Gott. Sie haben aber genau gepaßt in die Schuhe von ihm und der Ruth und dem Fritzel. Ich hab also die Brandsohle raus und die Goldsoh-le rein und die Decksohle drüber. So sind die ohne Geld auf Amerika. Dort hat er ein Bombengeschäft gemacht mit den Schabbesdeckel. Er hat mirs gleich geschrieben. Kein Wunder, hat er geschrieben, alles deutsche Wertarbeit.

Nach dem Krieg ist der Fritzel wieder aufgetaucht. Er war immer für die Uniform, wie sein Vater. Deshalb ist er auch Offizier und Ingenieur geworden bei den Amis. Er hat später die Abschußbasis überm Wald gebaut.

Wann es geht, kommt er zum Kolpingtag. In der Kapelle dort sind alle die, mit denen er im Spielmannszug war. Und wenns ihn juckt, dann trommelt er mit, aber nicht mehr deutsch, ganz närrisch, wie ein Neger.

---

[1] Sabbath-Hüte, runde schwarze Hüte, die in der Synagoge getragen werden.

Warum auch?

Bei uns ist noch nie ein Mädel scheel angeguckt worden, bloß weil sie ein Kind gekriegt hat.

Warum auch?

Und was hätten wir sollen machen, wenn die Männer oft wochenlang auf der Walz waren oder im Café Landes[1]? Sind wir Weibsleute vielleicht keine Menschen? Irgendwann nimmt doch immer einer die Kapp untern Arm[2] und wenns wirklich nix wird, dann machts auch nix. Die Kasperowski-Anna hat fünfe gehabt ohne Vater und alle sind was geworden.

Heut' passierts ja nimmer, mit dem Zeug zum Aufpassen, fast nimmer. Aber zu meiner Zeit, ach du lieber Gott! Aber weggemacht hats keine. Bloß die Scheinheiligen von den anderen Dörfern, die sind dann in der Nacht zu uns gerannt. Zum Helfen waren wir gut genug.

Mein Mutter war richtig von ihrem Vater. Die spitzige Nase gibts zweimal nicht. Aber mich hat die Mutter von einem Franzosen gehabt, nach dem ersten Krieg. Und meine Maria war von einem SS-Mann. Ein Luxemburger. Er ist im Krieg geblieben. Die Maria ist mit einem Polen nach Kanada. Aber die hat erst was gekriegt, wie der sie geheiratet hat.

Mir haben die Marocs fünfundvierzig die Syph angehängt und viele haben die gehabt, damals. Wie die Amis wieder da waren, haben die uns kuriert, weil sie Angst haben vorm Anstecken. Ich war scheints in anderen Umständen von einem Schwarzen, da haben die mich so fertig kuriert, daß ich kein Kind mehr hab kriegen können.

Den Männern war das grad recht.

---

[1] Landesgefängnis
[2] Eine Frau heiraten und die Vaterschaft für ein fremdes Kind anerkennen.

Sühne

„Hammerschlags- und Leiterrecht! Mehr sag ich nicht!"

„Aber, Vetter Jean, ein bissel mehr müßt Ihr schon sagen."

„Herr Müller, wenn ich bitten darf! Schließlich sind wir hier vor Gericht! Ich sag ja auch Herr Bürgermeister, obwohl Du bloß ein Kelly bist."

„Schon gut."

„Und Gericht ist Gericht, auch wenns bloß die Sühne ist."

„Ja, gut! Aber jetzt zu Ihrem Anliegen."

„Was heißt Anliegen? Hammerschlags- und Leiterrecht hab ich! Und Recht muß Recht bleiben!"

„Recht solls ja auch bleiben, aber Sie müssen beide Ihr Anliegen ausformulieren."

„Quatsch! Du weißts doch ganz genau, Sie. Für was sind Sie der Bürgermeister und die Sühne?"

„Herr Müller. Auch wenn ich der Schiedsmann bin und nicht das Gericht, muß ich ein Protokoll aufsetzen. Was soll ich denn schreiben, wenn sie immer ..."

„Hammerschlags- und Leiterrecht! Das sollen Sie schreiben!"

„Also Herr Müller, wir haben das Nachbarrechtsgesetz, und darin ist auch Ihr Rechtsanspruch geregelt. Aber so ein Streit ..."

„Stehts drinn, dort, oder nicht?"

„Es steht dort unter Paragraph ..."

„Quatsch! Paragraph! Hammerschlags- und Leiterrecht! Schon immer wars so. Und wenns sogar drinn steht, wieso krieg ich da nicht mein Recht?"

„Sie kriegen Ihr Recht, wenn Sie sich an die Ordnung halten."

„Ordnung? Wer hält sich nicht dran? Ich vielleicht?"

„Herr Müller, so geht das nicht weiter! Entweder Sie beachten jetzt die Formalien oder ich muß abbrechen!"

„Nix wird abgebrochen! Ich will bloß mein Recht!"

„Das macht Ihnen niemand streitig, aber wir müssen weiter kommen. Also schreiben wir: Heute, am 01.03. erschienen vor dem Schiedsmann der Verbandsgemeinde Weiler der Rentner ..."

„Pensionär, wenn ich bitten darf!"

„Der Rentner und Nebenerwerbslandwirt ..."

„Pensionär und Winzer! Alles was recht ist!"

„... zur Aussage wegen Gerüstes auf dem Grundstück des Rentionärs ...

Verdammt! Noch einmal!

... der Rentner und Nebenerwerbslandwirt Johann Müller der VI., aus Neuherrsheim, Untergasse 3, zur Aussage wegen des Verweigerns der Erlaubnis der Aufstellung eines Gerüstes auf dem Grundstück des Herrn Ludwig Bardung, Rentner aus Neuherrsheim, Untergasse 5, beide dem Schiedsmann persönlich bekannt."

„Leider!"

„Ruhe jetzt, zum Donnerwetter! Das kommt nicht ins Protokoll. Sachverhalt. Besagter Herr Johann Müller beabsichtigt, sein Anwesen, Untergasse 3, neu verputzen zu lassen."

„Selber verputzen will ich!"

„Bitte! Der Nachbar, Herr Ludwig Bardung, verweigert die dazu notwendige Aufstellung eines Gerüstes auf seinem Grundstück, Untergasse 5."

„Wenn ich auch mal was sagen darf, Kelly, das stimmt nicht. Um das Gerüst gehts ja gar nicht."

„Hammerschlags- und Leiterrecht! Das hab ich und das nutz ich!"

„Herr Müller, ich muß Sie zur Ordnung rufen! Einen Augenblick noch, Herr Bardung. Herr Müller, schildern Sie einmal den Fall aus Ihrer Sicht."

„Also, voriges Jahr, ich geh in Pension, da sag ich zum Louis, Louis, sag ich ..."

„Für Dich Herr Bardung, wenns jetzt Dir recht ist!"

„Ach, halts Maul, alter Depp!"

„Notier das, Kelly! Beleidigung!"

„Herr Bardung! Wenn Sie sich jetzt auch noch nicht beherrschen, muß ich abbrechen. Dann gehts vor Gericht und ins Geld!"

„Macht nix! Ich habs, und der verliert sowieso!"

„Das ist noch lange nicht unterschrieben! Weiter bitte, Herr Müller."

„Also, ich geh rüber, wir sind ja alte Freunde, und sag, ‚Louis', sag ich, ‚ich will neu verputzen'. Sagt der Louis ‚Meinetwegen'. Sag ich ‚Louis, dann muß der Holzhaufen weg'. Stücks 12 Ster hocken da an meiner Hauswand entlang. Das macht ja nix, denn im Winter hälts den Wind ab, aber wenn ich verputzen will, müssen die weg. Sagt der Louis ‚'s ist recht, ich will sowieso die Säge kommen lassen'. Ich werd dann krank und nix ist mehr mit Verputzen, weil schon Herbst war und wie ich jetzt im Frühjahr will, hocken wieder Stücker 12 Ster dran und der Louis sagt, er tut sie nicht mehr weg. Aber die müssen weg. Ich hab Hammerschlags- und Leiterrecht an meiner Wand!"

„Ihre Stellungnahme, Herr Bardung."

„Also, das war so. Der Jean, wo jetzt der Herr Müller ist, der kommt im Sommer zu mir und sagt ‚Louis', sagt der ‚ich will neu verputzen'. Sag ich ‚Meinetwegen'. Sagt der ‚Louis, dann muß der Holzhaufen weg'. Stücks 12 Ster, an seiner Hauswand entlang. Sag ich ‚'s ist recht, ich will sowieso die Säge kommen lassen'. Also, der Holzschneider kommt, wir schaffen so um die 4 Ster, geht die Säge kaputt. Sag ich ‚Gut, hack ichs weg, dann setz ich die 8 Ster in den Hof'. Und ich setz die rüber, mitten in den Hof, nicht einmal in die Garage hab ich mehr gekonnt, da wird der Jean krank. Da kann man nix, aber ich habs Holz im Hof. Dann kommen noch 4 Ster neues, Buche, aus dem Odenwald, also, ich brauch den Platz, also, ich

46

setz die an die Wand und das Altholz mit zurück. Wegen der Garage und so. Und jetzt kommt der Jean und will, ich solls Holz wieder wegsetzen. Sag ich ‚Nein, Jean, wenn Du's weghaben willst, dann setz es weg. Ich habs Rückgrat kaputt, da läuft nix mehr‘. Der Jean aber sagt, er ist nicht blöd, es ist mein Holz. Aber er hat nicht verputzt, und jetzt ist es dort und er muß gucken, wie ers macht.“

„Hammerschlags- und Leiterrecht hab ich, also muß das Holz weg.“

„Herr Bardung, habe ich recht verstanden: Sie verwehren nicht das Aufstellen eines Gerüstes und das Arbeiten in Ihrem Hof?“

„Richtig.“

„Sie weigern sich aber, das bereits einmal beiseite geräumte Holz ein zweites Mal auf Ihre Kosten und sei es auf Kosten Ihrer Gesundheit, zu beseitigen?“

„Richtig. Wenn ich das mache, muß ich anschließend monatelang ins Krankenhaus. Außerdem bin ich nicht blöd.“

„Also, Herr Müller. Grundsätzlich ist Ihr Nachbar bereit, Ihr Recht anzuerkennen.“

„Aber nicht beim Holz bin ichs nicht!“

„Hammerschlags- und Leiterrecht heißt freie Wand für mich. So stehts im Gesetz. Hab ich recht, Kelly, oder nicht?“

„Ja, Herr Müller, dies gilt für den Normalfall.“

„Ich bin normal, bloß andere nicht! Louis, räumst Du weg oder nicht?“

„Nie und nimmer noch einmal!“

„Dann, Männer, sind wir alle geschiedene Leute. Herr Bardung, nimm Dir einen Advokat. Meiner weiß schon Bescheid. Nix für ungut, Kelly. Ade.“

„Es tut mir leid, Herr Bardung. Schreiben wir also: Der Sühneversuch wurde ohne Ergebnis von Herrn Müller abgebrochen und so weiter.“

Maroks

Was ich schreibe, ist wahr und wer sagt, es ist gelogen, der hat selber gelogen.

Wenn die Leute sagen, die Russen waren schlimm zu den Frauen, dann sage ich, bei uns war es schlimmer mit den Schwarzen.

Wenn die Leute sagen, es ist schlimm, wie die Deutschen Menschen umgebracht haben, dann sage ich, bei uns war es schlimmer, weil wir haben weiterleben müssen.

Alles Schlimme ist im Osten gewesen, sagen die anderen. Uns haben sie vergessen, weil bei uns nicht hat sein dürfen, was war. Das ist Politik. Aber wir Frauen können nicht vergessen und unsere Männer nicht, auch wenn fast keiner mehr lebt und keiner mehr etwas sagt.

Wie der Krieg ausging, war es wie immer im Leben, für uns arme Leute war es am ärgsten. Zuerst sind die Amerikaner gekommen, da war alles gut, weil der junge Katz dabei war als Offizier und von Weiler gestammt hat. Er ist rechtzeitig nach Amerika. Viel später haben sie im Wald die Raketenstation gebaut. Die Soldaten von dort sehen wir kaum.

Aber dazwischen die Franzosen. Die ersten waren wie wir und es ist nichts passiert. Sie sind auch kaum ins Dorf gekommen. Später, das waren fast lauter Elsässer, die haben wir gekannt, weil sie als Hitlerbuben hier beim Arbeitsdienst waren. Die Franzosen haben sie einfach in ihre Uniform gesteckt und als Besatzer zu uns ins Lager geschickt. Da waren die froh und unsere Mädel auch. Es sind viele hier geblieben oder haben sich eine Frau mit hinüber genommen. Danach war es vorbei mit der Besatzung, weil unser Dorf zu klein ist.

Dafür war es um so schlimmer mit den Maroks[1]. Die sind

---

[1] Maroks, Sammelbegriff für die französischen Invasionstruppen unter De Gaulle, die vornehmlich aus Nordafrikanern bestanden.

über das Lager gekommen und das nächste Dorf waren wir. Die haben sich aufgeführt, wie kein Russe sich aufführen kann. Am Sonntag sind sie gekommen. Wir waren alle in der Kirche, da haben sie die Tür aufgerissen. Die Frauen sitzen bei uns rechts. Sie haben sie alle herausgetrieben. Der Pfarrer ist ihnen mit dem Kreuz entgegen. Da haben sie ihn genommen und das Kreuz auf ihm kaputt geschlagen.

Zuerst haben sie alle Dicken geholt. Ich war im achten Monat, deshalb haben sie es mir fast als erster angetan. Alles in der Kirche und davor. Dann sind sie über die anderen her. Denen war es egal, wie alt eine war. Meine Liesel war kaum elf und die Babetten-Bas über siebzig. Die paar Männer im Dorf wollten uns helfen, da haben sie einfach in den Haufen geschossen. Fast alle waren verwundet. Einer hat die Glocke geläutet, da wollten sie das Pfarrhaus und die Kirche anstekken. Mein Kind im Leib haben sie mir tot gemacht. Es ist am nächsten Morgen gekommen.

Wie der erste Rausch vorbei war, waren ein Mann und eine Frau erschossen, alle anderen verletzt und verwundet. Auf einmal sind richtige Franzosen gekommen, die haben alle verhaftet, weil sie von der Front weggelaufen waren.

Drei Tage später waren neue da, wieder lauter Neger mit ihren roten Kappen. Die waren noch schlimmer. Sie haben das Dorf eingekesselt. Dann sind sie über uns hergefallen. Am nächsten Tag hat an jedem Haus ein Zettel hängen müssen mit den Namen von allen Frauen im Haus und wie alt diese sind. Danach haben die ausgesucht, manche die gleiche Frau die ganze Nacht.

Die Maroks hatten alle die Syphilis. Weil da die Sonne gut tut, haben sie am Tag überall herumgesessen, die Hose auf, um ihr Geschirr zu wärmen, damit es heilen soll. Am Abend und in der Nacht ging es dann wieder über uns her, sogar die Kinderschulschwester, und die war eine Nonne. Und sie haben es immer vor allen Augen gemacht, vor den Männern und vor den Kindern. Eine ganze Woche hat es gedauert, dann haben die draußen etwas gemerkt. Auf einmal waren Franzosen da, die haben die Maroks gesucht, weil die flüchtig waren. Die Anführer haben sie sofort erschossen. Die sind außen an der Kirchhofmauer verscharrt worden, keiner weiß mehr genau, wo. Die anderen haben sie mitgenommen. Aber die Angst haben sie nicht mitnehmen können.

Es haben einige das ganze nicht lange überlebt, auch nicht der Herr Pfarrer mit seiner Verwundung durch das Kreuz. Vorher hat er zu uns noch gesagt: Wir müssen büßen für das, was Deutschland in Frankreich gemacht hat. Aber Frankreich wird büßen müssen, was es mit den Maroks bei uns gemacht hat.

Bevor er gestorben ist, hat ers nocheinmal gesagt: Wahrlich, ich sage Euch, Frankreich wird schwarz werden und ohne den Herrn.

So ist es gekommen.

Siedler

Eigentlich dürfte es das Dörfel gar nicht geben und die zwei Siedlungsabschnitte in der Obergasse und im Unterdorf existieren offiziell sowieso nirgends, man tut so, als wären es noch die alten Buden.

Das Dörfel verdanken wir ganz dem Höry. Er hat bei der Eisenbahnverwaltung das Land für Bedienstete in Erbpacht[1] durchgesetzt. Die Altherrsheimer waren ja dagegen, weil es, wie alles Land umher, ihre Gemarkung war, aber das Siedlungsamt bei der Reichsbahn war dafür, also ging es los.

Aber nur vielleicht!

Neuherrsheim ist ein nasses Loch und die Bahnlinie liegt am tiefsten Punkt und das Grundwasser stand bei einem halben Meter!

Aus!

Doch wozu war der Höry Baumeister? Er sagte: ‚Einmal kommt auch hier ein Kanal, fangen wir damit an!' und machte eine Eingabe, der Holzplatz sei kriegswichtig, samt dem umliegenden Gelände müsse der trockengelegt werden. Der Arbeitsdienst kam, zog die Gräben, Pioniere bauten einen Schachtkanal, bis zum Mühlbach raus, und die Querdrainagen, dort kamen die Straßen hin. Das Dörfel im dreckigen Neuherrsheim war als erstes mit einer Kanalisation versehen, lange, bevor die in der Stadt überhaupt an so etwas dachten!

Na gut!

Das Reichssiedlungsamt ließ aber nur bauen, wenn einer etwas Grundkapital vorweisen konnte, die Raten sollten vom Monatslohn gleich abgezogen werden.

Wer hatte Kapital bei uns? Keiner! Aber der Höry hats schon wieder hingekriegt. Er tüftelte einen raffinierten Plan aus!

---

[1] Vererbbares Nutzungsrecht über ein bebautes Grundstück, im allgemeinen für 99 Jahre vergeben.

Zuerst ging er zum Nowak. Was gewesen war, weiß ich nicht und weiß niemand, nur laut ging es zu. Dann werde ich auf die Dienststelle gerufen, ich solle den Siedlervertrag unterschreiben, ein Herr Nowak würde für das Grundkapital für mich bürgen, im übrigen könne ich den Anteil abarbeiten, – aber nur in meiner Freizeit und wehe, ich würde mich einmal krank melden, – und dann die Bürgschaft weiter reichen an den nächsten!

Ich war baff!

Ich komme heim, sitzt da der Höry mit einem Plan. Ein Plan für alle Häuser. Siedlungshäuser in einfachster Ausführung! Von ihm gezeichnet! Um Architektenkosten zu sparen! Selber gezeichnet! Umsonst! ‚Adam', sagt er, ‚Adam, jetzt müßt ihr ran. Pumpt Stunden, wo Ihr nur könnt. Baut erst einmal so, später stocken wir auf.'

Ein raffinierter Hund war das!

So wie der Plan war, sollte ohne Keller gebaut werden, weil die Häuser als Schlichtwohnungen galten, da waren Keller ein Luxus. Jetzt gab es aber die Auflage, daß für den Luftschutz etwas getan werden mußte. Und nun passen Sie auf! Der Höry läßt mit Hilfe des Arbeitsdienstes und der Pioniere Bunker bauen. Und was passiert dabei? Die passen ganz genau als Fundament. Oben hat er das so hingestellt, als würden die Bunker getarnt.

Na, ja, wir haben es geschafft, alle zusammen. Jede freie Hand hat jede freie Minute drangehängt. Zwischen achtunddreißig und vierzig haben wir das ganze Dörfel aus dem Boden gestampft, samt Schuppen, Aborthäusel und Kleintierstall, wie es Vorschrift war. Der aufsichtshabende Architekt vom Siedlungsamt hat nur mit dem Kopf geschüttelt, wenn er kam, aber nie etwas gesagt. Der hatte Mores vor dem Höry.

Endlich war es soweit, die Jungen mußten nicht mehr unter allen Umständen wegziehen, weil kein Platz war, sie konnten im Dorf bleiben. Mancher, der inzwischen in einem Bahnwärterhaus untergekommen war, zog nach Neuherrsheim zurück. Es war für uns wie ein Wunder.

Und doch wieder nicht, denn es war ein Solidaritätswerk, wie es nur in einer so elenden Gemeinde wie der unseren gedeihen konnte, in dem alle wußten, es gab nur zu gewinnen und nichts zu verlieren.

Tag und Nacht haben wir geschuftet, Wand für Wand hochgezogen, Dächer eingedeckt, Leitungen verlegt, das hatten wir bei der Bahn gelernt, geschuftet und gewühlt und dazwischen immer Schicht!

Alle haben geholfen, die Kinder, die Frauen, manchmal die Pioniere, zur Übung, wie es hieß.

Aus dem Dörfel ist schon damals ein Schmuckstück geworden, kein Mensch kann heute mehr sehen, wie armselig es am Anfang ausgesehen hatte. Zum Glück ist im Krieg nichts passiert, obwohl wir entlang der Bahn gebaut hatten. Angriffe wurden geflogen, aber sie haben immer das Dorf getroffen. Kaum hatten wir uns gefreut, aus der Enge der alten Hütten weggekommen zu sein, mußten wir aufnehmen, wer die Bombenangriffe vierundvierzig überlebte. Da wollte mancher resignieren.

Aber wir Siedler waren ganz anders geworden im eigenen Haus. Wir gaben nicht auf! Und so wie die anderen damals uns geholfen hatten, halfen wir ihnen in der Not. Zuerst retteten wir in der Untergasse das, was nicht ganz zerstört worden war, flickten die Gebäude am Eisenbahnpfad und inzwischen zahlte die Inflation schon einen ganzen Batzen von unseren Schulden ab.

So um fünfzig herum kam ein Pater zur Mission ins Dorf, sah, was wir geleistet hatten und was wir leisten konnten und versprach uns Hilfe.

Pfeifendeckel! Nichts war! Monatelang!

In der Obergasse wuchs schon längst Kraut und manche hatten gar Obstbäume gepflanzt statt Mauern. Da ruft mich der Pfarrer und fragt, ob wir noch den Plan hätten von der Eisenbahnersiedlung. Natürlich hatten wir den.

,Dann fangen wir an!', sagte er.

Und es kommt der Pater wieder und ein Architekt und ein Polier und die sagen: ,Wir sind vom Bauorden und helfen Euch!' Der alte Plan wurde ein bißchen umgemodelt, damit niemand sagen konnte, der sei geklaut, und dann gings los, wie damals, bei der Eisenbahn, aber ohne Genehmigung vom Bauamt. Bis die etwas merkten, standen die Häuser schon. Wieder abreißen ging nicht, wegen der Wohnungsnot, also zahlte jeder 50 Mark Strafe und im Amt tun sie so, als hätten wir nur die Trümmer wieder hergerichtet. Kein Wort von Siedlung oder so!

Der Polier mußte immer dabei sein, als Aufpasser und Helfer, weil die Häuser ja jetzt viel teurer waren als vor dem Krieg, so an die zwanzigtausend kamen die schon, und als Sicherheit war ja nur der Bauplatz da. Dafür mußte sich jeder verpflichten, mindestens tausend Stunden Eigenleistung zu erbringen. Das hieß: Kein Urlaub! Keine Freizeit! Nichts!

Es wurden immer sechs Häuser gleichzeitig gebaut, jeder half bei jedem mit, denn die mußten in einem Jahr stehen, dann gab es einen Zuschuß vom Orden, und die Arbeitszeit bei der Bahn oder wo der eine oder andere inzwischen sonst noch untergekommen war, betrug damals 48 Stunden, ohne Überstunden, die oft gemacht werden mußten.

Da half der liebe Gott!

Plötzlich kamen Buben und Mädchen von überall her, Franzosen, Holländer, Deutsche, Amis, ich hatte einen Engländer zum Essen, die haben für Kost und Gotteslohn geholfen, wo sie nur konnten!

Das vergesse ich nie! Viele von denen hatten lauter linke Hände, trotzdem rackerten sie sich ab daß es eine wahre Pracht war. In allen Ferien kamen sie, besonders die Franzosen, hausten in Zelten am Wald und schufteten für uns.

Aus den Feldsteinen, die sie beim Aushub gefunden hatten, bauten sie sich dort ein Denkmal. In jeden Stein hatten sie eingeritzt: Nie wieder Krieg! Jeder in seiner Sprache.

Die Bagger habens weggeräumt, beim Straßenbau, damals. Manche von denen kommen heute noch zu Besuch, zum Siedlerfest oder zum Hansentag.

Daß so etwas einmal möglich wird, hätte keiner gedacht, damals, als wir das erste Haus im Dörfel hochgezogen haben. Mein Haus!

Na, ja. So haben wir alle Baulücken geschlossen. Der Ort sah damals aus wie aus dem Baukasten. Fast alle Häuser gleich. Heute sieht das keiner mehr, weil ja alle dauernd um- und ausbauen.

Und der Siedlerverein hält zusammen wie Pech und Schwefel.

Hexennacht

Neuherrsheim, (af)

In der Nacht von gestern auf heute trieben sie wieder ihren Schabernack, die Besen auf den Besen, Ritterinnen der Lüfte auf dem Weg zu ihrem Tanzplatz. Sieht man das Ergebnis, so muß man sagen, daß üble Gesellen die Nacht der Hexen und Gespenster in abscheulicher Weise mißbrauchten.

Nicht daß jugendliche Hexenmeister ihren Mädchen Blumen oder Birkenbäumchen an das Tor banden, auch nicht, daß verschmähte Liebhaber Häcksel auf das Trottoir vor dem Haus der Treulosen streuten, ist zu beanstanden. Das ist alter Volksbrauch, genauso wie das Vertauschen von Fensterläden oder das Aushängen von Hoftoren. Auch daß am Fahnenmast vor der Alten Schule ein Nachttopf neben einer langen Unterhose flatterte, gab nur zu Gelächter Anlaß. Schärfstens zu verurteilen sind jedoch jene, die entweder in jugendlichem Leichtsinn oder in böswilliger Absicht Gefahren heraufbeschworen und Schäden verursacht haben.

So wurde das Postwägelchen auf das Spritzenhaus geschafft und dabei schwer beschädigt. Schmierfinken verunzierten mit Sprühdosen alle wegen der bevorstehenden Kerwe frisch geweißten Häuser. Am Maifeld wurde gezündelt, dem fiel die Schutzhütte zum Opfer. Gefährlich wurde es, als ruchlose Buben begannen, die Kanaldeckel auszuheben. Prompt fuhr ein Auto in eine solche Falle und brach sich einen Arm und die Hüfte. Daraufhin mußte die Polizei eingreifen und wieder Ordnung schaffen. Mehrere Personen wurden angezeigt.

Wenn es der Vernunft nicht gelingt, solche Auswüchse in Zukunft zu verhindern, ist abzusehen, daß auch dieser alte Volksbrauch bald polizeigewaltlich verschwinden wird.

Tratsch

Die Vorsitzende des Volkschors Weiler

„Neuherrsheim war schon immer ein Armeleutedorf und das färbt ab, auch wenn sie heute noch so groß tun. Sitten haben die, wie die Urwaldneger! Kein Wunder, die trinken Bier statt Wein.

Wir haben einmal beim Waldfest mit einigen am Tisch gesessen. Da war der junge Peifer-Anton dabei. Der wollte zeigen, was er kann und hat immer eine halbe Flasche Bier auf einmal ausgetrunken. Dazu hat er schön laut gerülpst. Seine Alten haben gelacht und waren stolz, denn das gehört sich so bei denen im Dorf.

Die Peifers waren weg zum Tanzen, da hat mein Emil ihm ganz schnell ein paar Salzstängele in die Flasche rein, bevor auch wir einen drehen gingen. Die Musik macht Pause, die Alten setzen sich, der Junge nimmt die Flasche, hängt sie an und spuckt alles seiner Mutter über das neue rosa Taftkleid. Die hat gekrischen, der Vater hat dem Anton eine gefegt und der hat gebrüllt, er bringt den Sauhund um, der das gemacht hat.

Alle haben gelacht.

Dann sind sie los, um mit ihrem Mercedes die hundert Meter nach Hause zu fahren zum Umziehen.

Später hat der Junge erzählt, es war ein Gefühl, als kämen da lauter Regenwürmer aus der Flasche. Die Salzstängele waren nämlich im Bier aufgequollen und durch die Brezellake weich und glitschig geworden.

Ich hab von den Peifers bisher niemand mehr aus der Flasche trinken sehen."

Die Zeitungsfrau

„Die Peifers lassen gern die Sau raus! Wir waren mal bei denen eingeladen und haben nicht absagen können, ich weiß nicht warum. Du glaubst's nicht, was die Wutz gemacht hat! reicht Bier herum in einem Nachthafen!"

Die Hauswirtschaftslehrerin

„Die sind überhaupt komisch mit ihren Tischsitten. Ich habe eine OB-Klasse[1] mit einer ganzen Reihe Neuherrsheimer Mädchen. Wenn wir kochen, schneiden die alles ganz klein, damit sie nur mit der Gabel reinschaufeln können. Dabei legen sie den freien Arm unter dem Tisch auf das Knie. Das soll aus alter Zeit stammen und Demut ausdrücken, hat mir jemand erzählt, so wie die Altherrsheimer ihren freien Arm um den Teller legen, immer bereit, ihr Eigentum zu verteidigen.

Ich sage Euch, das ist ein Theater, bis ich denen das Richtige beigebracht habe! Da legen sie das Messer schräg gegen den Tellerrand, damit die Soße schön auf das Tischtuch tropfen kann.

Kapieren die Igel endlich, daß das Besteck auf dem Teller bleiben muß, gibt es Streit, was es bedeutet, wenn Messer und Gabel geschlossen liegen. Letzt hat eine nach dem Essen das Besteck offen liegen lassen und behauptet, sie hätte in der Hauptschule gelernt, das mache man so, wenn es nicht geschmeckt hat, und wir sollten sehen, daß der Fraß nichts gewesen sei."

Die Kollegin

„Das ist kein Wunder, die war bestimmt bei der Alt in der Küche und die ist eine geborene Nowak, vom Viehhändler in Neuherrsheim. Weil sie ein bißchen gescheit war, hat sie der Alte in die Ausbildung geschickt, deshalb ist die an der Weilerer Schule Kochfräulein.

Von wem soll die denn wissen was sich gehört?"

---

[1] OB-Klassen, Klassen, in denen Ungelernte, die noch berufsschulpflichtig sind, unterrichtet werden.

Die Metzgersfrau

„Vom Nowak weiß ich etwas. Weil er reich geworden war, hat er Kultur gebraucht. Gleich Mannheim hat es sein müssen. Mit der ganzen Sippschaft ist er dort hin gefahren zu einem Bunten Abend im Rosengarten. Und da hat der doch einen halben Sechspfünder und Hausmacher ausgepackt, beim Kellner Teller und Bestecke verlangt um zu vespern. Der Ober hat herumgezetert, wollte die ganze Brut rauswerfen, die Nowaks haben zurückgezetert, das Publikum hat sich amüsiert. Die Leute hatten geglaubt, das gehört zum Programm. Ich weiß nicht mehr, wie alles ausgegangen ist, aber mein Bruder war damals dabei gewesen, der sagt heute noch, das war die beste Nummer am Abend."

Der Lokalredakteur

„Der Nowak war auf seine alten Tage Verbandsgemeinderat. Da war einmal Kreisbereisung und der Kelly wollte zeigen, was für ein großkotziger Bürgermeister er ist. Er hat für den Landrat und die Kreistagsmitglieder ein Essen im Goldenen Engel gegeben. Nach der Suppe hat der Nowak dem Kellner nachgebrüllt: ‚He, laß den Löffel da, vielleicht gibts noch Sößel¹ und tunken darf man bei den feinen Leuten ja nicht.'

Im Landratsamt heißt es heute noch, wenn eine Sache unsicher ist: ‚Laß den Löffel da, vielleicht gibts noch Sößel'."

Die Freundinnen

„Manchmal schämt man sich direkt, daß die Neuherrsheimer Zigeuner zu uns gehören."

„Aber wirklich! Da haben die in der Ungarnsiedlung bessere Manieren und die kommen schließlich halbwegs aus Sibirien!"

„Bessere Manieren? Ihre Pfarrer stammt von denen. Der ißt sogar Knäckebrot mit Messer und Gabel, sagt man."

---

¹ Verkleinerungsform von Soße.

„Na ja, so schlimm wirds nicht sein, und er kanns auch anders. Wenn Sängerfest ist oder Kolping, dann suggelt der die Servelat genau so aus der Hand wie unsereiner und trinkt bei jedem Stein[1] mit, der um die Runde geht."

„Trotzdem, Du kannst sagen, was Du willst, sie sind so, die Neuherrsheimer! Und die Weiber sind noch schlimmer als wie die Mannsbilder. Denk mal zurück! Früher, da haben die doch alle Zigeunerröcke getragen, lange Schlabberdinger mit nix drunter im Sommer und im Winter mit Stehbrunzhosen, Schlitz von vorne bis hinten, damit sie sich nicht hinhocken müssen. Nur die Beine breit machen, den Rock hinten und vorne lang ziehen und laufen lassen. Man hat eine Neuherrsheimerin doch schon gerochen, bevor sie zu sehen war, weil sie nie so genau haben zielen können!"

Die Verkäuferin im Drogeriemarkt

„Großwäsche ist bei denen doch heute noch ein Fremdwort. Wie ich mit meiner Iris im Krankenhaus war, haben sie nachts die Cerny Aplane[2] gebracht, weil sich das Kind quer gelegt hat. Sonst wär die doch nie in die Klinik. Und was denkt Ihr? Nach der Geburt hat sie sich nicht lassen waschen wollen! Eine Kindbetterin muß trinken, schwitzen und stinken! hat sie gebrüllt und um sich geschlagen. Die alte Cerny hat dauernd gejammert, weil ihr Planchen gewaschen worden war, wo das doch Unglück bringt! Dabei hat sie ihr hinten und vorne reingestopft, was für eine Wöchnerin gesund sein soll, Zwiebelkuchen, Knoblauch, saure Bohnen und was sonst noch stinkt, dazu Glühwein, damit sie schön schwitzt! Die war dauernd bedudelt!

Ich sag Euch, dreckig wie ein Nestei, aber Milch wie eine Herdbuchkuh.

---

[1] Literkrug aus Steingut.
[2] Appolonia

60

Uns andren im Zimmer wars nur noch schlecht. Die Schwestern habens selber nicht mehr riechen können und haben sie dann allein gelegt.

Also, ich kann nicht kapieren, wie man so was zu Menschen legen kann, dazu noch im Krankenhaus! Nein, lieber einen Hund voll Flöh im Bett als eine von dort neben sich!

Hab ich vielleicht nicht recht, oder?"

Verheirate

Schähle 1/2 Pund Katofeln und mach Schnitz.
Fühle ein Hafen mit wasser 3/4 vol und tu die Katofeln nein.
Geb Salz und ein bizel Lauch derzu.
Lahs weich Kochen.

Neme 1 Pund Mehl 4 Eier bizel Salz und Muhskatt, fein Peterle und wasser fer ein Fester teig.

Wann die Katofeln Kochen mach den teig nein mit ein Löfel als Knepp[1] oder schahbe Schbäzzle solang bis die Oben schwimen.

Schüt das wasser ab zum Supp machen und verheirat[2] die Katofeln mit die Knepp.

Mach fett heis in der Pann und mach kleine Brotstücker rein fer zum Krachle[3] röste un machs über die Verheirate.

Mach sauer rham Sos derzu.

Wann sonntag ist mach Appelbreih anschtad sos.

---

[1] Knöpfe, Knödel
[2] Verheiraten: Innig mischen.
[3] Croûtons

Sage

Nahe bei Neuherrsheim, am Hasenbergel vorm Wald, steht ein Bildstöckel mit einer verwitterten Figur die in der einen Hand ein vierspeichiges Rad, in der anderen einen Blitz hält[1]. Seit undenklichen Zeiten ist es Ziel einer Wallfahrt, die jährlich zu Johannis[2] Spielleute, Fahrende und Zigeuner aus dem ganzen Lande hierherführt.

Über den Ursprung wird erzählt:

Zur Zeit des guten Königs Dagobert[3] sollte Hochzeit sein zwischen dem Fürsten Odilo von Weiler und der schönen Adila von Herrsheim. Alles Volk freute sich und richtete dem Paar ein großes Fest im Walde, dort, wo beide Herrschaften aneinandergrenzten. Spielleute musizierten, Gaukler zeigten ihre Kunst und weise Frauen deuteten die Zeit.

Am dritten Tage, als die Vermählung vollzogen war, kamen drei dunkle Gesellen daher, meldeten sich beim Fürsten und warnten vor Blitz und Tod. Das Volk wollte die Mär nicht hören, aber alle Fahrenden bestürmten das Paar, auf das Zeichen zu achten. Adila beschlich ein Bangen. Sie bat ihren Gemahl, das Fest zu unterbrechen, bis die Gefahr vorüber sei. Herr Odilo lachte, wollte seiner jungen Frau aber die Bitte nicht abschlagen. Deshalb sprach er zu den Gesellen:

„Wenn ihr scherzet, dann will ich ein schrecklicher Richter sein und euch jagen, wo ich nur kann, sagt ihr jedoch die Wahrheit, so will ich euch ein mächtiger Beschützer sein für alle Zeit!"

Da überzog sich der Himmel mit Schwarz und Gelb und alles Volk floh in die Hütten und Häuser der Weiler ringsum.

---

[1] Ein Menhir mit vorchristlichem Symbol, vermutlich der Keltorömische Gott der Sonne und des Blitzes, des Lichts.

[2] 24. Juni

[3] Um 650 nach Chr.

Das fürstliche Paar aber fand Unterkunft bei den Spielleuten am Hasenbergel vorm Wald.

Ein schrecklicher Sturm wütete und stürzte Bäume über die Festzelte, reißende Wasser schwemmten Tische und Tafeln hinweg. Keiner hätte überlebt, der geblieben.

So nahm das Fest ein jähes Ende. Odilo aber hielt Wort und wurde der Beschützer derer, die keinen Schutz sonst hatten. Zum Dank dafür wählten sie ihn zu ihrem König und schenkten ihm einen Stein mit einem Bummerhannes[1], den sie vom Michelsberg geholt hatten.

Die Herren von Weiler blieben über Kinder und Kindeskinder hinweg die Könige der Fahrenden, solange, bis das Geschlecht erlosch. Das Fest zu Ehren des Bummerhannes findet aber bis heute statt und bringt Jahr für Jahr Spielleute, Gaukler und Zigeuner zu Johannis nach Neuherrsheim zurück.

---

[1] Bummerhannes: Aus dem alten Donnergott – donnern = bummern – wurde bei der Christianisierung des Oberrheintales entweder die Gestalt Gottvaters oder Johannes des Täufers.

Hansennacht

Am Tag, da die Sonne am höchsten steht,
wenn im Garten die Gichtrosen[1] blühn,
wenn die G'hannstraube[2] rot in den Büschen hängt,
wenn der Spargel die Sonne darf sehen,
wenn die Bauern dankbeten, weil ihre Müh'
reichlich belohnet ist worden,
dann feiern die Menschen ein eigen Fest
zu Neuherrsheim am Bildstock im Walde.

Kein Lebender weiß den Ursprung mehr,
keiner, wohin es wird gehen,
hat Krieg und Pest und Not und Tod
überstanden und wird überstehen
so lange, wie er am Walde wohnt,
Johannes, der Heilge der Gaukler,
das ist wohl so lange die Erde sich dreht,
denn Fahrende, die gibt es ewig.

Schon Tage vorher bunte Wagen ziehn
zum Hasenbergel am Walde,
zum fröhlichen Treiben, Musik und Tanz,
zu Liedern aus alten Zeiten.
Hier wird versöhnt und Hader begraben.
Die Liebe nur gilt unter Menschen!
Schuld wird beglichen und Recht wird zu Recht
und der König von neuem bestätigt.

---

[1] Pfingstrose
[2] Johannisbeere

Und wird gar ein Knabe geboren am Wald
in der Nacht des Heilgen Johannes,
dann wird er einst König der fahrenden Schar,
dann, wenn der alte gegangen.

Am Morgen des Tages, wenn alles noch ruht,
klingt vom Wald her ein Ton aus dem Horne.
Auf! heißt es dann, und: Zur Kirche hin!
Und fort ziehen die Prozessionen.
Der Pfarrer, er segnet die trächtige Flur.
Meßbuben schwingen den Rauch,
geweiht wie das Wasser im Silbergefäß.
Litaneien loben den Herrn.

Vom Wald her entgegen erschallet der Chor,
Kyrie eleyson und Ave.
Dort treffen zusammen die Gläubgen vom Dorf
mit den Knappen des Heilgen Johannes.
Hoch schwingt das Lied, das Dankgebet,
drei Mal um den Berg wird gezogen.
Zurück dann ins Dorf die Bewohner allein
zum blumengewobenen Throne
vor der Kirche, St. Johannes geweiht,
dem Täufer, auch ruh'los gewesen.

Zu Mittag kehren alle wieder zum Wald,
es mischen sich Freunde und Fremde.
Sie wünschen sich Frieden, wünschen sich Glück,
beginnen ein fröhliches Schmausen.
Und fällt dann der Abend und locken die Flammen
rundum auf den Hügeln ins Land,
dann jubelt und jauchzet und singet das Volk,
Lieder vom Lieben und Leiden.

Und fällt dann die Nacht und grauet der Tag,
so findet man manch liebend Paar,
in Büschen und Hecken im tiefen Holz,
auf den Segen des Heilgen vertrauen.
Und wird so gezeuget ein Menschenkind
zu Johannis im fröhlichen Eifer,
dann wird auch es später ein König sein,
ein König der Trommler und Pfeifer.

Erinnerung

Ja, das Lied kenne ich. Das hat meine Urgroßmutter am Hansentag uns Kindern immer vorgesungen. Ein Musikantenlied. Ewig habe ich das nicht mehr gehört! So war es, lange vor dem Krieg.

Heute macht kein Mensch mehr so eine Mariage. Gut, es gehen immer noch genug mit der Bittprozession zum Bildstöckel. Aber wenn dort wirklich einmal ein paar Wagen stehen, dann sind das Camper auf dem Platz beim Franzosenhaus. Und den hat der Kasperowski ganz offiziell eingerichtet, mit allem Komfort.

Sonst ist da nichts mehr.

Vergangen ist vergangen, und das ist gut so.

Da ist noch was, das die Altmutter früher gesungen hat, ein Spottlied. Ich habs längst vergessen, aber es fällt mir bestimmt wieder ein, auch wenns schon Jahre sind, daß ich es nicht mehr gehört habe.

Ich schreibs dir auf.

Ehrlich!

Kinderlied

Rosmarin und Thymian
wächst in unsrem Garten.
Mutter, such mir einen Mann,
kann nicht länger warten.
Weil die Lieb hat so gebrennt,
ließ ich alles nehmen,
hab an Heirat net gedenkt,
jetzt muß ich mich schämen.

Himmelsschlüssel, Himmelsstern
wachsen nicht im Garten.
Tochter, laß dein Kindelein
auf den Vater warten.
Grüner Klee und weißer Klee
nehmen dir die Schmerzen,
trag es weiter, ohne Weh,
trag es unterm Herzen.

Petersilie, Suppenkraut
wachsen in dem Garten.
Mutter, wäre ich schon Braut,
könnte ich noch warten.
Hilfst du mir nicht aus der Not,
geh ich mich ertränken.
Bin ich dann am Morgen tot,
wird es dich sehr kränken.

Veilchen und Vergißmeinnicht
wachsen nur im Garten.
Tochter, ich hab keinen Mann
und du kannst nicht warten.
Mauerkraut und Rattenschiß
mußt du jetzert nehmen,
Hexenblut und Pißenpiß,[1]
sonst mußt du dich schämen.

Roter Wein und weißer Wein
wachsen hinterm Garten.
Jungfer,laß die Hochzeit sein,
kannst jetzt wieder warten.
Heirat nicht den armen Knecht
mit den krummen Beinen,
nimm dir wieder aus der Stadt
einen von den Feinen.

---

1 Mauerkraut = Mauerraute,
   Rattenschiß = Mutterkorn,
   Hexenblut = Schöllkraut,
   Pißenpiß = Löwenzahn, von frz. Pis-en-lit.

Amme

Früher gab es eine Amme im Dorf, vielbeschäftigt, gleichzeitig so etwas wie ein Doktor und ein Apotheker, und für keine Kinder hat sie auch gesorgt. Ob sie eine Hexe war, ist nicht erwiesen, daß sie aber verhexen konnte, zeigte ihre Geiß.

Das Vieh war verwöhnt, fraß nur vom Feinsten, aber wenn die Alte mit ihr in den Wald ging oder übers Feld, brauchte sie nur zu rufen: ,Komm' Scheckele, komm'! Komm' Scheck-Scheck-Scheck!', da stellte die Geiß den Schwanz, ihre gelben Hexenaugen wurden starr und scheel, die Schnüffel schnüffelte hin und schnüffelte her, nahm Wind und zog die Alte mitten auf die Wiese oder ins dickste Holz, an den hintersten Acker, zum letzten Wasserloch hin, blieb stehen, starr, wie angenagelt, fraß keinen Halm. Die Amme aber schnitt hurtig Kräuterlein, grub Wurzeln aus, pflückte Beeren und Früchte, fing Suckler[1] im Wasser und Schmetterlinge aus der Luft. Und die Geiß stand dabei und schielte. Kein Hälmel rührte sie an.

Doch auf dem Weg nach Hause sprang das Tierchen als wäre ihm nichts gewesen. Der Schwanz ging hurtig wie eine Rätsch[2] und das Maul faßte, was Köstliches am Wege stand.

Die Alte brauchte mit niemandem zu reden. Man wußte auch so, sie hatte wieder Hilfe geholt für allerlei Not, für Kranke im Dorf und junge Mädchen rundum. Und die Älteren dankten ihrs auch.

---

[1] Blutegel
[2] Holzklapper, die in der Karwoche die nach Rom geflogenen Glocken ersetzt.

Wunschkonzert

So, jetzt rufet mir mal in Neuherrsheim an, von dort habet mir auch e Kärtle bekomme.

Was ist?

Hallo? Grüß Gott, da ist der Rundfunk mit dem Wunschkonzert.

So?

Ja. Wir haben ein Kärtle bekommen von einer Frau Bosslet ...

Das is mei Anna.

So sind Sie wohl Herr Bosslet?

Nä, der Bosslet is tot. Ich bin der Klare Karl.

Hm. Sagen Sie, Sie hören wohl nicht gerade Radio?

Nä.

Und Frau Bosslet offensichtlich auch nicht.

Nä, die hockt auf'm Häusl.

Oh! Das, äh ...

Langsam, ich ruf sie!

Ja, liebe Hörerinnen und Hörer, wie das ...

Anna! Schneller, da is eine am Telephon!

... offensichtlich können wir die Dame ...

Was? Vom Radio, hat sie gsagt.

... die Dame vielleicht doch noch ...

Kommst?

... an den Apparat bekommen ...

Sie kommt.

Danke, Herr ...

's rauscht schon.

Ja, liebe Hörerinnen und Hörer, wir ...

Wo, Karl? Wo? Geb her! Ach Gottel, Frau! Grüß Gottel, sagen Sie immer. Gell?

Nur ruhig, liebe Frau Bosslet.

Ach Gottel. Karl! Karl! Vom Radio! Ich bin so aufgeregt!

Ja, Frau Bosslet, Sie haben wohl nicht mit der Überraschung gerechnet?

Anna, wo hat die denn die Nummer her?

Jetzert halt mal 's Maul! Ach Gottel, Frau, was wolle sie denn?

Sie haben uns eine Karte geschrieben, daß sie gerne einmal einen Musikwunsch äußern würden.

Nä!

Erinnern Sie sich nicht? In Wiesloch abgestempelt?

Das war net ich, das war die Tochter, des Luder!

Na ja, aber, nun haben wir Sie am Telephon und Sie können uns sicher ganz schnell einen Musiktitel sagen, den wir Ihnen spielen sollen.

...

Was sollen wir Ihnen spielen, Frau Bosslet?

Also spielen Sie ... ach, ich weiß net, bin so aufgeregt!

Liebe Frau Bosslet, haben Sie einen Lieblingsinterpreten?

Was? Ein Lieblingspeter? Ja, spielen Sie was vom Peter. Dürfen wir frei auswählen?

Ja!

Vielleicht ‚Wir gehören zusammen‘, gell, Karl?

Gut, Frau Bosslet, wir werden uns bemühen, etwas für Sie passendes zu finden. Wir wünschen Ihnen alles Gute, auch Ihrem Herrn Karl.

Ja, sagen Sie, wann kommt das denn im Radio?

Meine liebe Frau Bosslet, wir sind schon die ganze Zeit auf Sendung!

Grußwort

Werte Sportsfreunde

50 Jahre Eisenbahnersportverein ist eine stolze Zahl. Aber sie sagt nichts über die sportlichen Aktivitäten, die vorher waren.

Bereits 1905 haben starke Männer den Athleten-Club gegründet. Es waren Sackträger, die die Woche über ihr Brot in der Stadt verdienten. Wenn sie am Samstag in unser Dorf zurückkamen, gaben sie ihre restliche Kraft hauptsächlich zu Ehren des Vereins.

Die Stemmer[1] und Ringer waren damals überall gefürchtet. Leider sind im Krieg alle Unterlagen verbrannt. Aber unsere ehrwürdigen Alten haben noch Bilder gefunden, die diese Festschrift zieren. Und sie haben eine Liste aufgestellt, daß wir gleichzeitig auf stolze 75 Jahre Sportbegeisterung hinaufschauen können. Der Athletenclub hat sich später dem Eisenbahnersportverein gleichgeschaltet.

Dieser unser Jubelverein verdankt sein Leben unserem großen Gönner Dr. Heinrich Höry. Ihm verdanken wir, daß die Bahn uns das Maifeld überließ. Er war es, der die Handballmannschaft gründete, die das Deutsche Spiel bis in die Gauliga trug. Und vor allem, er half, die Turnhalle zu bauen, die wir alle in heldenhaftem Einsatz mit unserer eigenen Hände Arbeit Stein für Stein hochgezogen haben. Schon 1933 konnte sie eingeweiht werden. Sie wurde nach dem Volkshelden Leo Schlageter[2] genannt.

---

[1] Gewichtheber

[2] Albert Leo Schlageter, Widerstandskämpfer gegen die Rheinlandbesetzer nach dem ersten Weltkrieg. Sprengte Bahnlinien und Brücken, wurde verraten, von den Franzosen zum Tode verurteilt und hingerichtet. Er galt besonders bei den aus ihrer Heimat ausgewiesenen Eisenbahnern als Held.

Das Maifeld wurde dann dank der gütigen Fügung unseres Gönners bald das große Zentrum der neuen Macht, in deren erster Reihe unser Verein mitmarschieren durfte, besonders, nachdem auch die Radfahrer uns gleichgeschaltet wurden. Sie haben sich nach dem Krieg wieder selbständig gemacht, sind uns aber freundschaftlich verbunden geblieben, indem sie in der Heinrich-Höry-Halle, wie das Sportheim heute heißt, ihren Radball spielen.

Es gehört sich nicht, alle verdienten Sportler und Sportarten vorzustellen, das machen die Abteilungsleiter hinten. Aber als Vorsitzender unseres Jubelvereins darf ich dem Verein und allen, die ihm treu verbunden sind, für die nächsten 50 Jahre ein weiterhin gutes Gedeihen wünschen.

Ludwig Barfuß
1. Vorsitzender des ESV 1930 Neuherrsheim

Aufstieg

Ich rede nicht gerne darüber, aber nachdem Sie mich hier aufgespürt haben, wird es besser sein, wenn ich Ihnen sage, wie es wirklich gewesen ist, bevor irgendwelche Leute irgendeinen Unsinn erzählen.

Damit Klarheit herrscht, ich bekenne unmißverständlich: Bei allem, was geschehen ist, für uns Neuherrsheimer war es die erste und einzige Chance, aus dem Elend herauszukommen, und wir haben sie genutzt. Alle im Dorf, auch wenn einige den Erfolg nicht festhalten konnten. Seien Sie versichert, kämen wir noch einmal in die Situation, wir würden wieder so handeln.

Doch zur Sache.

Als ich 1927 geboren wurde, waren die Würfel längst gefallen, denn ein Großteil der Männer hatte sich bereits der Bewegung angeschlossen. Man hatte ihnen Land versprochen und Arbeit und ein menschenwürdiges Wohnen und – das wollen viele nicht als Argument gelten lassen – man hat sein Versprechen gehalten. Daß durch den Krieg manches wieder zunichte gemacht wurde, steht auf einem anderen Blatt.

Wie war denn die Situation?

Eine Ackerlänge hinter den Häusern war die Gemarkung zu Ende. Land pachten konnten die wenigsten, weil die Bauern in den umliegenden Dörfern jeden brauchbaren Fetzen selbst bepflanzten. Das einzige, was es reichlich gab, waren Kinder. Die Buben mußten mit über Land, die Mädchen mit dreizehn, vierzehn in die Stadt, dienen. Nach zwei, drei Jahren kamen sie dann zum ersten Mal wieder nach Hause, brachten ein Kind zur Welt und gingen zurück in den Dienst, bis zur nächsten Schwangerschaft.

Die Alten haben die Bälger mit aufgezogen, neben den eigenen, die oft später geboren wurden als die faktischen Nichten und Neffen. Nur eines der Kinder einer Familie konnte jeweils am Ort bleiben, die anderen mußten weg, für immer. Es gab nicht genug Platz im Dorf.

Versetzen Sie sich in die Lage! Wie würden Sie handeln, wenn einer käme mit dem Versprechen, das alles zum Guten zu ändern?

Wir waren eines der wenigen katholischen Dörfer, das bedingungslos auf Hitler setzte, wie die letzten Wahlergebnisse vor der Machtübernahme zeigen. Nur eines stimmt nicht, ist Legende, obwohl es überall kolportiert wird, daß auch der Pfarrer mitgewählt habe. Anderenorts mag das zutreffen, ausgerechnet bei uns nicht, denn er war seinerzeit nicht im Dorf sondern zu Exerzitien im Kloster.

Ich war damals, bei der entscheidenden Wahl, erst sechs Jahre alt, aber soviel begriff ich schon, daß etwas geschehen war. Vorher mußten wir immer Angst haben, weil wir Neuherrsheimer waren. Alle in den Dörfern meinten, mit uns Dreckvolk könnten sie herumfuhrwerken wie mit einem Stück Vieh. Das war bei denen ein beliebter Ausspruch.

Einmal, ich war vielleicht fünf Jahre alt, mußte ich mit dem Vater nach Weiler, zu Fuß, weil wir kein Fahrgeld hatten. Auf dem Rückweg war ich todmüde. Vater hat mich ein Stück getragen, bis ein Niederhasbacher Bauer des Weges kam. Den bat er, mich in seinem Wagen mitzunehmen. Der brauchte nicht einmal ein Wort zu sagen. Er nahm die Peitsche und schlug nach uns. Einfach drauflos, als wären wir seine Ochsen. Ohne einen Ton zu sagen.

Um den Weg abzukürzen, gingen wir nicht die Bahn entlang, sondern durch Altherrsheim. Dort sind die Kinder vor uns in die Höfe gerannt, haben die Tore verschlossen und Gaudieb hinter uns hergeschrien. Das war das schlimmste Schimpfwort, das man für uns gefunden hatte. Und die Krönung der Schande war die Begegnung mit dem alten Kelly vor dem Herrenhaus. Der jagte uns vom Trottoir herunter, da durften nur ehrliche Leute gehen, keine Dauerklauer. Ich habe geweint, Vater aber sagte: „Warte, Bub, bald haben wir das Pack!"

Dann war es so weit, und die Kellys stellten sich plötzlich auf unsere Seite. Zu spät. In ihrem Dorf waren nur wenige zu aktivieren, gerade, weil die Kellys sich als Bonzen aufspielten. Wir aber standen wie ein Mann. Da hat sich keiner mehr an uns herangetraut.

Ich weiß nicht mehr genau, wie es anfangs weiter ging, nur soviel, daß Vater auf einmal Arbeit hatte und etwas Geld, so daß wir das Haus streichen konnten. Ich sehe noch die Küche vor mir, immer schwarz und düster und auf einmal war sie ganz weiß und hell. Mutter schnitzte aus Kartoffeln Stempel, mit denen drückten wir grüne Monde und Sterne auf. Aus dem ganzen Dorf kamen sie, die Stuben zu bestaunen.

Aber das tut nichts zur Sache, es unterstreicht nur die Situation.

Vater war Eisenbahner geworden, sehr viel hat er nicht verdient. Zu mir sagte er immer: „Bub, du wirst es schaffen, dafür werde ich sorgen!"

Mit zehn Jahren kam ich zum Jungvolk, voller Stolz und voller Ehrgeiz, bereit, es allen zu zeigen. Es war da auch gleich auf dem Maifeld das Sportfest mit Ballwurf, Weitsprung und Sechzigmeterlauf und wer 180 Punkte erreichte, bekam ein Leistungsabzeichen, beispielsweise einer von den Kellys aus dem alten Dorf. Ich ging leer aus, hatte versagt, kam mir vor wie damals, als wir vom Trottoir heruntergejagt worden waren. Wie der letzte Dreck.

Mein Vater hatte an dem Tag dienstfrei und meine Niederlage miterlebt. Er zog mich anschließend am Arm nach Hause, ohne zu schimpfen, ohne zu trösten. Erst als wir die Haustür hinter uns geschlossen hatten, packte er mich am Halstuch, schüttelte mich und sagte, was er so oft schon zu mir gesagt hatte: „Warte, Bub, bald haben wir das Pack!"

Da heulte ich los wie ein Schloßhund, heulte und heulte

zum letzten Mal in meinem Leben. Vom Tag an mußte ich privat trainieren, auch Übungen, die nicht gefordert waren, wie die Rolle vorwärts, und als ich elf war, eigentlich schon ein Jahr über der Zeit, meldete Vater mich in der Realschule an. Und was gehörte dort zur Aufnahmeprüfung? Sport, vor allem die Rolle vorwärts! Hatte der alte Fuchs doch das eine benutzt, um das andere zu erreichen.

Vom Tag an ging ich nie mehr ohne Auszeichnung vom Platz, sei es im Sport, in der Schule oder im Beruf!

Ich tat mir sehr schwer gegen die Söhnchen der angeblich feinen Leute aus den Dörfern und der Stadt, aber die Kameradschaft im Zug und im Fähnlein hat mir immer wieder Mut gegeben; denn dort galt nicht arm oder reich, dumm oder gescheit, nicht katholisch oder protestantisch, dort galten Ehre, Treue, Gehorsam und Leistung. Wer anständig war, kam voran, gleich, woher er stammte, und wer ein Schwächling war, blieb unten, wie der Doktorsbub aus Weiler. Da half auch kein Vater als NSKK-Führer[1]).

Ich war ziemlich schnell aufgestiegen, zum Jungzugführer, später gar zum Fähnleinführer, Probleme gab es für mich keine, außer zum Schluß wegen der Kirche. So lange es möglich war, gingen wir sonntags um halbacht in die Messe, dann erst war antreten. Darauf bestand schon der Falléri und darauf bestand später auch ich.

Dies ging so lange gut, bis die Kellys es fertig brachten, daß alle vierzehn Tage die Fähnlein in Weiler anzutreten hatten, morgens um zehn Uhr. Was sollten wir da tun? Ich wandte mich an den Kaplan und sagte ihm, wir seien alle stramme Pimpfe, aber auch alle stramm katholisch. Wenn wir um zehn in Weiler sein müßten, könnten wir nicht in die Frühmesse gehen, gingen wir in die Frühmesse, könnten wir nicht rechtzeitig in Weiler sein, wenn er aber das eine über das andere Mal

---

[1] NSKK: Nationalsozialistisches Kraftfahrerkorps

eine frühe Frühmesse halten könne, so um sieben, dann kämen wir weiterhin geschlossen zum Gottesdienst. Und das klappte, auch mit der Christenlehre, die wir einfach auf Samstag nach dem Salve verlegten. So war beiden Seiten geholfen.

Wie gesagt, für mich war diese Zeit die Zeit der Chance und ich habe sie ergriffen, wie andere auch. Ich lernte führen, mich durchsetzen, und vor allem, zu mir selbst und meiner Herkunft zu stehen.

Damals konnten wir beweisen, daß auch wir Neuherrsheimer jemand waren – und wir haben es bewiesen. Von heute aus gesehen, steht so ein Verhalten natürlich außerhalb jeder Diskussion, aber ich sage es noch einmal in aller Deutlichkeit, wenn es wiederum für mich die einzige Möglichkeit wäre aus dem Dreck, der Hoffnungslosigkeit, der Bedeutungslosigkeit herauszukommen, ich würde wieder so entscheiden. Was die oben an Bösem getan haben, wußten wir nicht. Wir da unten haben uns nur eines zu schulden kommen lassen: Wir sind nicht unten geblieben! Aber dazu stehen wir, dazu stehe ich und wenn ich vor meinen Herrgott treten muß, habe ich mir und hat er mir nichts vorzuwerfen.

Nur eines beschäftigt mich. Der Herr Kaplan war ja ein strikter Gegner des Regimes. Trotzdem ließ er sich Anfang des Krieges überzeugen, daß es wichtiger sei, als Militärpfarrer zu den Soldaten an die Front zu gehen, als hier seine Ohnmacht zu pflegen, wie ihm bedeutet wurde.

Der Kaplan ging an die Front und kam nie mehr zurück. Ich legte das Notabitur ab, ging auch noch an die Front, kam aber wieder zurück. Hätte er überlebt, hätte ich ihm eine Frage gestellt, nur eine einzige Frage:

Wie haben Sie mich gesehen? Wie war ich als Fähnleinführer, wie als Katholik, wie als Mensch?

Das hätte ich gefragt. Und ich werde ihn fragen, wenn wir uns oben sehen werden.

Hausierer

Hausierer reisen durch Gott und die Welt. Schon mein Großvater hat sein Revier gehabt vom Buchfinkenland bis Badisch Sibirien und von den Halbsäckeln bis zu den Riedochsen raus.[1]

Das war damals ein hartes Brot und ist heute nicht leichter. Immerfort weg von daheim und die Weibsleute immer allein.

Na ja. Wir haben unseren Unterschlupf, das ergibt sich so. Und die sind allein. Was will man machen. Immer noch besser als in die Fabrik gepreßt zu sein. Ich könnte das nicht. Ich brauche die Freiheit und das Risiko. Im Geschäft und unterwegs.

Die Jungen werden das nicht mehr tun. Die wollen ihr Geld nur noch bequem verdienen.

Langsam verliere ich die Lust am Geschäft. Niemand will mehr heiraten. Kaum einer kauft mehr Aussteuer, zum Glück habe ich rechtzeitig auf Badezeug umgestellt.

Ich hätte es wie der Lehmann machen sollen. Der hat eine Drückerkolonne[2] laufen. Die müssen Geld bringen, sonst verhungern sie selber.

Na ja. Mir gehts gut und die Kinder studieren, geklebt habe ich freiwillig, da kriege ich die paar Jährchen noch herum. Daß ich das Geschäft dann noch verkaufen kann, glaube ich allerdings nicht.

---

[1] Buchfinkenland: Westpfalz
  Badisch Sibirien: Nordostbaden
  Halbsäckel: Bewohner Pforzheims
  Riedochsen: Bewohner der hessischen Rheinebene
[2] Zeitschriftenwerber.

Duldsamkeit

Früher, zu meiner Zeit, war es schlimm zwischen uns Katholischen und den Protestanten rundum, wenn die uns einmal unterwegs getroffen haben und sie hatten eine Peitsche mit, hauten sie uns die Schnur um die Waden. Dazu haben sie gesungen „Kreuzköpp! Tanzknöpp!", weil wir uns nach jedem Schlag umgedreht haben vor Schmerz.[1]

Aber wenn wir von denen einen erwischten! Dem wurde der Arm auf den Buckel gedreht, dann mit den Fingern nach oben marschiert bis zum Hals und dort richtig reingekrallt, daß ein blauer Fleck blieb. Bei jedem Finger haben wir gesungen:

„Der Doktor Martin Luther,

der machts mit seiner Mutter

auf der grünen ..."

„Au!" brüllte der Heilandsverräter und das Verslein hat gestimmt.

Der Pfarrer aus dem alten Dorf hat dagegen gewettert. Deshalb, wenn wir ihn sahen, haben wir immer gerufen:

„Herr Pfarrer, der und der hat Sauereien vom Luther gesagt!"

Und weil der Luther wirklich Sauereien gesagt hat, glaubte der das immer. Dem Schuldigen wurde dann in der Konfirmandenstunde die Sünde mit dem Rohrstock vergeben, ohne daß jemand fragte, ob wir auch nicht gelogen hätten. Irgendwann kam alles heraus. Da hat der Pfarrer uns gottlose Rotzbankerte genannt und nie mehr angeguckt!

Wir haben aber einen neuen Weg gefunden, die reinzulegen. Jetzt sind nämlich die Mäd hingegangen und haben gejammert:

„Herr Pfarrer, der blaue Fleck am Hals von dem und dem, das ist ein Lutscher. Den habe ich ihm machen müssen!"

---

[1] Tanzknopf: Kreisel

Da hat der Pfarrer „Ihr Saumenschen" gebrüllt und die neue Sünde noch härter aus dem Bürschel herausgeprügelt.

Die von drüben haben sich dann aber fürchterlich gerächt. Wir kamen ja auch einmal in das Alter, wo uns keiner mehr prügeln konnte wegen eines Lutschers. Da sind die aus dem alten Dorf an Fastnacht auf einmal um unsere Mäd herumgeschlichen und haben denen die Köpfe verdreht und noch mehr dazu, denn an Fastnacht sind unsere Weibsbilder außer Rand und Band und nicht mehr zu bändigen. Die meisten aus meiner Generation haben doch tatsächlich einen Halbprotestanten in die Welt gesetzt. Und bis sie merkten, was wirklich läuft, war alles schon passiert.

Die Dreckskerle haben nur gelacht.

Geheiratet haben sie keine.

Verkehrskontrolle

„Guten Abend. Ihre Ausweise bitte."

„Vergessen."

„Führerschein?"

„Vergessen."

„Woher?"

„Neuherrsheim."

„Alle?"

„Ja."

„Name?"

„Hudelmeyer, Komma, Alois."

„Hä?"

„Hudelmeyer, Komma, Alois."

„Was soll der Quatsch? Wollen Sie mich veräppeln?"

„Nä."

„Hoffentlich! Der Nächste!"

„Peifer, Komma, Pirmin."

„Jetzt langts! Ich frage anständig, also habt Ihr anständig zu antworten, oder es rauscht! Der Nächste!"

„Oestreich, Komma, Guido."

„Das ist Mißachtung der Staatsgewalt! Das hat ein Nachspiel! Wo kommt Ihr her?"

„Vom Vorspiel."

„Du, wenn Du die freche Gosch nicht sofort hältst, vergesse ich mich!"

„Warum?"

„Erstens: Nichtmitführen von Ausweispapieren! Zweitens: Fahren ohne Führerschein! Drittens: Verweigerung der Aussage! Viertens: ..."

„Halt, Herr Oberpolizeigendarm! Erstens: Ich bin nicht gefahren, also brauche ich auch keinen Führerschein. Zweitens: Dieses unser Land ist frei und sicher, sagt der Kanzler, da braucht niemand dauernd einen Ausweis rumzuschleppen.

Drittens: Wir haben nicht verweigert, sondern korrekt geantwortet. Außerdem, Herr Kommissar, wie Sie als Spezialist wissen müßten ist computergerecht zuerst der Familienname zu schreiben, dann ein Komma zu setzen, das entspricht der Deutschen Orthographie, dann erst kommt der Vorname, der heutzutage nicht mehr vorangestellt wird, weshalb sein semantischer Inhalt in sein Gegenteil verkehrt wurde. Und viertens kommen wir vom Vorspiel bei der Musikdirektion Keusch in Weiler. Die will uns nämlich ins Landesorchester aufnehmen. Befriedigt, Herr Polizeirat?"

„Freundchen! Schluß jetzt! Wer war der Fahrer?"

„Meine Mutter. Hudelmeyer, Komma, Ottilie."

„Hä? Wieso? Ihr seid doch alleine aus dem Auto raus in die Wingerte!"

„Richtig. Wir haben gemußt, denn wir haben in Weiler was getrunken."

„Das riecht man drei Kilometer gegen den Wind. Wo soll denn die sogenannte Mutter sein?"

„Im Auto."

„Hä?"

„Im Auto. Das müßten Sie doch wissen, Herr Oberpolizeirat, daß sie ein bißchen klein geraten ist. Ein Mercedes aber ist groß, deshalb kann die nur zwischen dem Steuer durchgucken und nicht darüber und deshalb sieht sie auch keiner."

„Tür auf! Otti, Du? Sind das Deine Früchtchen?"

„Ja, Herr Verflossener. Und wenn die im Gymnasium erzählen, wie Du Dich aufgeblasen hast, lachen sich die Leute krumm."

„Otti! Ich muß bitten!"

„Ja, Lieberle, auch bei uns gehen die jetzt in die Hochschule und meine müssen nicht vorher raus und bei der Polizei untertauchen!"

„Ach, Otti, ich mach doch bloß was ich muß."

„So? Dann setze in Zukunft das Komma zwischen die Familiennamen und die Vornamen."

„Wieso?"

„Das ist Grundwissen für einen Bürger unseres Staates, hat Dein Oberboß gesagt. Und weil die Buben das nicht wußten, mußten sie noch einmal zum Amt wegen ihrer Pässe. Während der Unterrichtszeit, wohlgemerkt. Sie können es sich ja leisten, kurz vor dem Abitur. Anders die Herren Beamten. Die schließen ihren Schalter pünktlich um zwölf Uhr, ob noch wer dasteht oder nicht. Immer korrekt und immer pflichtbewußt. Wie Du. Schon damals, als Du mich hast hocken lassen.

Hier, bitte, mein Führerschein!

Schnell! Wir müssen weiter.

Ich will endlich wieder unter Menschen kommen. Unter richtige Menschen, Herr Polizeidiener!"

Ordnungshüter

Früher war ein Gendarm für 1000 Leute zuständig. Weil das Dörfel damals rechtlich zum alten Dorf gehört hat und die Blocks zu Kirchheim, waren wir drunter. Trotzdem war immer der Gendarm im Ort, weil bei allem, was passiert ist, immer wir Neuherrsheimer schuld gewesen waren!

Zu den unmöglichsten Zeiten ist der herüber gekommen zum Schnüffeln. Erst unter dem Hitler ist das anders geworden. Danach wars wieder eine Zeit lang schlimm, am schlimmsten mit dem Fromm. Der war aus Kirchheim und weitläufig mit den Kellys verwandt, wie alle Gauner hierherum. Wie der hat Gendarm werden können, weiß kein Mensch!

Auf jeden Fall war kurz vor dem Hitler was gewesen, da haben sie ihn geschaßt. Dreiunddreißig war er dann ploitisch Verfolgter und sie haben ihn mit viel Trara wieder eingesetzt. Auf Lebenszeit!

Aber weil hier alle in der Partei waren, hat er sich bald von uns wegversetzen lassen. Dabei hat er noch schnell beim Jud Meier die Silberlöffel beschlagnahmt, aber vergessen, sie abzuliefern. Der Jud war nur vorübergehend bei uns und hat gesagt, das zeigt er an, das ist Diebstahl. Aber die im Amt haben dann gesagt, wahrscheinlich war das recht so. Der Fromm hat das aber öfter probiert und sich so schiergar ein Vermögen zusammenbeschlagnahmt. Es ist alles kaputtgegangen bei einem Fliegerangriff.

Irgendwann ist der Fromm an den verkehrten gekommen. Da hat sich nichts mehr vertuschen lassen und er hat fort gemußt in eine Strafkompanie in den Krieg. Der Hund hat überlebt und war auch gleich fünfundvierzig zurück und schon wieder politisch Verfolgter!

Und was haben die Besatzer aus ihm gemacht? Gendarm für Neuherrsheim! Da hat der vielleicht das Messer gewetzt!

So sechsundvierzig hat unser Oswald ein bißel Metzgerei gemacht, neben seiner Eisenbahnerwirtschaft. Weil aber die Zuteilung für eine ganze Sau nicht gelangt hat, hat er mit einem Niederhasbacher Metzger die Sau teilen müssen. Die zwei haben dann was gedreht, der Fromm hat kontrolliert, und was sag ich? Dem Oswald seine halbe Sau hat sechs Füßelcher in der Lake gehabt, die vom Niederhasbacher bloß zwei!

Da war der Oswald dran!

Und der Fromm hat alles Fleisch beschlagnahmt. Wies die Besatzer aber dann haben haben wollen, wars all! Da haben sie den Fromm zum dritten Mal zum politisch Verfolgten gemacht!

Und weißt Du, was dann neunundvierzig war? Sie haben ihn nochmal eingestellt und nach ein paar Wochen ehrenvoll pensioniert!

Die Depp!

Märle

Es gibt viele Märle bei uns. Die Buben haben sie gesungen auf der Walz und die Mäd bei den Herrschaften, wenn sie dienen waren, die Musikanten unterwegs und wir daheim erst recht. man hat's schon als ganz kleines Kind gelernt.

Ninane, Popane
was raschelt im Stroh?
's Kätzel is gstorbe,
's Maisel is froh.

Ninane, Popane
schlags Hinkele tot.
's legt nimmi Eier
un frißt numme Brot.

Ninane, Popane
mach 's Stalltürle zu.
Sei froh, wennd e Geiß hast,
dann brauchst du kee Kuh.

Und so weiter.
Es gibt viele Versle.
Oder was für Buben.

Hoppe, hoppe Reiter,
Büwel reit net weiter!
Reitst auf einem Gaul,
fliegst aufs Maul.
reitst auf einem Bock,
gibts mit dem Stock.
Reitst auf einer Kuh,
gibts noch Schläg dazu.
Reitst auf einem Stier,
gibts noch Hieb dafür.

Reitst auf einem Esel,
fliegst du in die Nessel.
reitst auf einer Geiß,
fliegst du in die ...

Na ja.
Auch davon gibts viele Versle.
Und für uns im Dorf hat gegolten:

Reitst auf einer Sau,
das paßt genau.

Schon die kleinsten Kinder haben so gelernt, wies ist im Leben. Kopf einziehen, ducken, Maul halten, zufrieden sein, keine Ansprüche stellen! Wer auffällt, wird bestraft.
So einfach ist das.
Die schönen Märle waren nur für die feinen Herrschaften und für die reichen Bauern. Von uns haben wir nie Gutes singen dürfen, wenn wir draußen waren. Heute noch heißts:

Die Altherrsheimer Mäd haben Schlopf auf de Schuh,
mit denen gehen sie tanzen.
Die Neuherrsheimer Mäd haben Läus und Flöh,
nachts, da fangen sie Wanzen.

Genauso spotten die Weilerer, die Kirchheimer, die Hasbacher Mäd. Läus und Flöh, die haben wir, die anderen den Schlopf!
Mein Vater hat Musik gemacht in den Dörfern. Dort hat er immer singen müssen:

Danz, Büwel, danz,
die Schuh sinn noch ganz.
's braucht dich net gereihe,
sinn se hin, gibts neie!

90

Und dann, um zu zeigen, daß er bloß ein Bettelmann war, der nicht dazu gehörte, hat er aufstehen müssen, auf einem Bein stehen müssen, seinen Schuh mit der durchgetretenen Sohle zeigen müssen und singen müssen:

Danz, Büwel, danz.
Mei Schuh sinn nimmi ganz.
Die Sohle sinn verrisse,
die Hose sinn verschisse.

Genau so hat er singen müssen und dazu noch geigen müssen und lachen müssen und die Bauern haben gebrüllt und ihm Münz rauf geschmissen. Nur rote Pfennige. Das langt für unsereinen, meinten sie.

Natürlich gibts auch andere Märle, aber alle Versle zeigen, zum Schluß gehts gegen die kleinen Leute. Die müssen immer kuschen und einstecken.

Mädle, machts Fenster zu,
's komme Soldate!
Weiß net, sinns unser Leut
oder Kroate.

Büwel schlupf hinners Haus,
tu dich net weise,
sag net, daß'd schießen kannst,
's kommen die Preiße.

Mutter, ziehs Röckel aus,
schlupf in die Hose,
mach dir en Schnorres[1] an,
's kommen Franzose.

---

[1] Schnorres: Schnurrbart.

Vater, versteckel dich
mit unserm Gockel!
Halt ihm de Schnabel zu!
's kommen die Zwockel![1]

Später, hinter vorgehaltener Hand:

Mädl, nehms Büwel mit,
geh in de Gaarde,
denn unser Führer braucht
viele Soldade.

Meine Großmutter war aus dem Elsaß, von dort hat sie
mitgebracht:

Marthele versteckel dich
hinner Büsch un Bese.
Morge kommt Napoléon,
Maidle bist dann gwese.

Heinerle versteckel dich
in de grüne Bohne,
wenn de Kaiser Wilhelm kommt,
schießt er mit Kanone.

Weil wir gerade bei den Franzosen sind. Auch dort zeigts
Märle, daß kleine Leute nur dann was kriegen, wenn was übrig
bleibt:

Die Franzose
mit de rote Hose,
mit de gelbe Epaulette
fressen immer Omelette.

---

[1] Zwockel: Spitzname für die Bayern; hier sind jedoch die Österreicher
gemeint mit ihrer Vorliebe für Geflügel.

Die Offiziere
fressen drei un viere,
die arme Soldate eens
oder keens.

Eines noch zum Schluß, 's Märle vom Hänsel und vom Gretel. Die waren doch wirklich arme Leut; aber für uns immer noch zu fein. Deshalb erzählen die draußen ihren Kindern, in Neuherrsheim geht die Geschichte so aus:

Hänsel und Gretel
sinn täppische Leit.
Hänsel is närrisch,
Gretel net gscheit.

Schmerz

Kind! Kind! Das darf doch nicht wahr sein!

Heilige Maria, Mutter Gottes, sie heißt doch wie Du, das kannst Du doch nicht zulassen!

Maria! Mariele! Schätzel! Schätzele!

Mach doch die Augen auf!

Ave Maria. Gratia plena. Dominus tecum.

Herr Doktor, machen Sie doch was!

Maria! Kind! Komm! Guck mich an!

Ich hab doch immer gut sein wollen zu Dir!

Herr Doktor, hilft denn gar nichts mehr?

Maria, Kind, es ist ja wahr, ich hab Dich nicht gewollt.

Herr Gott, Du bist mein Zeuge und Du weißt wie man sie mir gemacht hat. Warum hast Du das damals zugelassen?

Du bist aber trotzdem mein Kind, Maria!

Heilige Mutter Gottes, bitt für uns.

Ich kann nicht mehr, Herr Doktor.

Ich kann auch nicht mehr beten.

Das ist jetzt die Sühneschuld.

Ich hab immer nur so getan als wenn ich bete und jetzt straft mich der Herrgott.

Aber das ist egal!

Maria, ich komm zu Dir, wo Du auch hingehst. Ich tu mir auch was an.

Vergib uns unsere Schuld, wie wir vergeben unseren Schuldigern.

Was willst Du denn hier?

Raus!

Schafft den Kerl raus!

Der ist schuld, Herr Doktor.

Im Suff hat er mir das Kind gemacht und im Suff hat es sich was angetan und wenn es noch eine Gerechtigkeit gibt auf der Welt, dann darf ich mit meiner Maria, und der geht in die Hölle!

Schafft den Kerl raus!
Schafft den Kerl raus!
Gebenedeit ist die Frucht deines Leibes, Jesu.
Wie gehts richtig, Herr Doktor? Wie sagen die feinen Leute?
Benedictus est fructus ventri tui, Jesu.
Heißts so, Herr Doktor?
Sankta Maria, ora pro nobis.
Schafft den Kerl raus!
Raus! Raus! Raus!

Luftschutz

Luftschutz war nicht neu, der war schon im ersten Krieg. Wir Eisenbahner waren eigenständig, ich war zwischendrin.

Erst bin ich Invalide geworden, fünfunddreißig, beim Rangieren. Dann haben sie einen Luftschutzleiter fürs Dorf gesucht und weil ich gelernter Eisenbahner war und bei der Feuerwehr und Zeit hab ich auch, war ich auf einmal Luftschutzleiter.

Und dann war Krieg und ich muß wieder an die Bahn, Kurbel drehen, bei uns, am Übergang, und jetzt gilt auf einmal der Werkschutz. Aber weil wir so klein sind in Neuherrsheim, hab ich dann beides gemacht.

Schön wars, mit Fahnenweihe, blaue Fahnen warens, der Spielmannszug dabei. Und Übungen und Aufmarsch und Gasmaskenexerzieren, Speicher leer machen, was weiß ich was alles. Und ich immer dabei in der Kutsche, wegen dem Bein ab.

Aber nicht schön im Dienst. Wenn die die Bahn haben treffen wollen. Nie haben die eine Schiene getroffen, aber rundum alles verbombt.

Warte mal, ich hab noch eine Anweisung von der Kreisleitung fürs Feld.

Da, ich schenk Dirs.

Und weißt Du was? Die fangen schon wieder an. Wie damals.

Vorbeugender Brandschutz auf dem Felde

Ähnliche Schwierigkeiten, wie sie die Sicherung der Waldbestände mit sich bringt, bereitet der Schutz der Getreidefelder. Glücklicherweise aber dauert die Zeit, während der Getreidefelder durchBrandstiftungsmittel gefährdet sind, nicht lange; mit dem Inbrandgeraten von Getreidefeldern braucht nur im Zustande kurz vor der Gelbreife bis zur Totreife gerechnet zu werden. Da

*das Getreide normalerweise bereits bei Gelbreife geerntet wird,
besteht die Gefahr der Vernichtung von Getreidefeldern nur für
eine Zeitspanne von etwa 2 Wochen. Die Durchführung vorbeugender Maßnahmen stößt hier auf außerordentliche Schwierigkeiten. Die Anordnung breiter Schutzstreifen, die mit Hackfrüch-
ten, Grünland usw. bestellt werden könnten, würde einen äußerst
nachteiligen Eingriff in den Fruchtwechsel der landwirtschaftli-
chen Betriebe bedeuten, über schmale Streifen aber springt das
Feuer bei böigem Wetter mit Leichtigkeit hinweg. Eine Verringe-
rung der Gefahr wird vor allem durch eine rechtzeitig einsetzende
und beschleunigt durchgeführte Ernte erzielt; das gemähte Getreide ist möglichst rasch in größeren, hinreichend voneinander
entfernt liegenden Hocken aufzustellen.*

*Auszug aus Dr. Schäfer, Vorbeugender Brandschutz, in:
Knipfer/Hampe (Hrsg.), Der zivile Luftschutz, Berlin 1937, 2. Auflage, S. 345ff,
hier S. 353f.*

Bombenwetter

Am 4. September 1944 wurde ich eingeschult. Es war am Morgen bereits recht heiß, Sonne, klarer Himmel, ein Bombenwetter, sagte mein Großvater. Er sollte recht behalten.

Kaum im Schulhaus angekommen, wurde Fliegeralarm gegeben. Wir wußten, was das bedeutete, denn auf den Schienen am Wald entlang stand ein Munitionszug mit defekter Lokomotive. Die Sirenen heulten los, alles rannte nach Hause. Keller gab es nur wenige, deshalb hatten die meisten Bunker in ihre Gärten gegraben, nicht tief, wegen des Grundwassers, getarnt und als vermeintlichen Schutz durch aufgestapeltes Brennholz von oben unkenntlich gemacht.

Wir kamen gar nicht mehr bis an unser Haus, da donnerten schon die Tiefflieger über den Wald und luden ab. Es gab einen Schlag, wir flogen durch ein Tor in einen Hof. Dabei brach ich mir einen Finger und Mutter sich den Arm. Schon wars vorbei. Luftminen hatten die Obergasse weggrasiert. Zwischen dem Franzosenhaus und dem Adolf-Hitler-Platz stand keine Wand mehr. Es gab viele Tote. Wie durch ein Wunder blieben die Schule und die Kirche unversehrt, von einigen Glasschäden einmal abgesehen. Dem Munitionszug war nichts geschehen.

Das war mein erster Schultag gewesen. Der vorläufig letzte kam eine Woche später.

Vor der Kirche war die HJ angetreten, sie sollte abmarschieren, nach Metz, zum Schanzen. Wieder kam ein Geschwader, diesmal ohne Voralarm, ich weiß nicht warum. Ganz hoch flogen die viermotorigen Maschinen. Plötzlich sahen wir so etwas wie geflügelte Birnen aus deren Boden herausfallen. Offensichtlich sollte das Dörfel getroffen werden, das wegen seiner geraden Straßen von oben wie ein Lager aussah, zumindest hat eine Zeitung dies nach dem Krieg einmal behauptet. Da es aber sehr windig war, wurden die Bomben abgetrieben. Sie zerstörten die Untergasse und den Eisenbahnpfad. Wiederum gab es Tote und viele Verletzte und wiederum geschah ein Wunder, Kirche und Schulhaus blieben abermals verschont.

Trotzdem wurde der Unterricht für ein Jahr ausgesetzt. Bis in den Winter hinein dauerten die Angriffe auf die Bahnlinie, das Dörfel, das Lager überm Wald. Die wurden nie getroffen, die Bomben fielen alle in und um das Dorf. Zum Schluß waren ungefähr die Hälfte der Häuser zerstört, die anderen mehr oder weniger beschädigt. Nur das Dörfel stand unberührt und in den anderen Orten rundum hatte höchstens einmal eine verirrte Brandbombe einen Strohhaufen in Brand gesetzt.

Dabei herrschten überall die gleichen Bedingungen wie bei uns, wochenlang ein Bombenwetter.

Tagesbericht

8 Uhr 20. Stinklangweilig

Der Schulz macht Berichtsheft mit uns. Monatsberichte, weil das die Meisten machen und Wochenberichte wo ein Paar machen müsen. Blos ich Blödi Supp muß Tagesbericht machen weil mein Scheff das so will der Aff. Wos doch gar nicht im Vertrag steht. Depp!!!

9 Uhr 10. Ich schnall ab!

Wir haben vertretung. Ein Alter. Mindestens 40 alt! Er ließt uns vor. Von 2 wos aus einander geht. Wann gehts bei mir mal zusamen?

Jetzt hat die Steffi auch einen den Carlo. Der ist schon 19 und viel zu Alt. Aber die Steffi ist 16 und darfs.

9.45 Soz!

Schon wieder Sexualkunde. Die sagen Einem wies geht und das man aufpasen muß. Wen man Erwachsen ist. Wies bei Uns geht sagt Keiner.

Der Alex war grad fresch. Er hat gesagt Herr Lehrer wie oft machen sies mit ihrer Frau. Da ist der Fischer gebrüllt wie ein Stier. Er hatt den Alex nausgschmissen. Jetzt hat die Steffi gesagt Herr Lehrer wie oft machen sies nicht mit ihrer Frau. Der Fischer hat gebrüllt das er nicht mehr unterricht halt bei uns in dem Sau Laden. Hofentlich! Dan sind wir den los.

10uhr. Ich lach mich Tod!!!

Ich weis jetzt warum der Fischer so gebrüllt hatt. In der Pause hat die Karolin verzehlt das der Fischer eine Freundin hat und die Frau nicht Braucht. Die Meisten glauben aber das er über haupt keine mehr braucht wo er vileicht älder ist als wie mein Vater. Der sauft blos noch.

10 uhr 35 ich halts nicht aus'

Noch mal vertretung. Der Alex fragt auch denn wie oft. Der ist Klasse! Der sagt so oft wies Spass macht. Dabei ist der auch schon vileicht bald 40. Ich möcht das wirklich Mal wisen wies ist bei denen!

1050 Jetz langs! Schon wider Fischer!!!!!

Alle Neuherrsheimer haben blos Unkultuhr brüllt der. Sein tot sind wir noch. Hofentlich. Er kan gar nicht weg weil er ist unser Klasse Leiter. Aber wir machen Ihn fertig!!!!!

Wen ich ihn angucke muß ich denken blos noch Maul! Die Anni hat Ihn im Schwimmbad gesehen. Sie hat gesagt, sie will so was nicht ein Mal gederrt auf dem Speicher. Ales Wabbelich!

Jetz macht er Duden mit uns als wie wann wir nicht recht schreiben können der dumm Kopf!

12uhr 20 Scheise!!!!

Noch Mal den Schulz und noch Mal Berichtsheft. Aber blos für die Anderen. Monatsberichte. Die habens gut die faulen Ärsch. Die könen daß verwenden. Blos ich muß schreiben wie ein Idjot! Tagesberichte! Was tet der Scheff sagen wann ich das in daß Berichtsheft schreiben tet? Da für schickt er mich nicht in die Schul! Dabei ist die doch so broduktief. Sagt der Fischer imer. Der Salataff.

1 Uhr. Schulaus.

Ich geh nimmi ins Geschäfft, auch wann ich muß. Ich geh Heim ins Bett und razz nach von Gestern. Der Scheff kan mich! Der Fischer erst recht. Und der Schulz. Un der Tagesbericht soll mich!!!

Zärtlichkeit

Man darf nie zeigen, wies einem ist. So lang man einen sucht, darf man dranlangen, wenns einer sieht. Oder der an mich. Aber wenn man dann mit einem geht, ist es aus. Da heißts immer, drei Schritt vom Leib. Die Leut könnten sonst meinen, er wär kein Mann.

Ich hätts so gern, wenn ich mal an ihn könnt, aber wenn ich hinlange ohne daß ich gleich will, und wenns bloß am Arm ist, sagt er, bist verrückt, kannst nicht warten?

Und wenn ich warte, dann gehts auch bloß schnell, schnell, wie sichs gehört für einen richtigen Mann.

Ja, im Film, da knutschen die stundenlang. Alles Schlappi, sagt er dann. Ein richtiger Mann langt hin, zack zack und fertig.

Ich guck gerne so Filme, aber er will was richtiges sehen, Machos und so. Die zieht er richtig in sich rein.

Aber vielleicht krieg ich ihn jetzt.

Manchmal muß ich Video holen. Gestern hab ich verkehrt gegriffen. Es war ein Horror. Zombies. Er hat gesagt, ich bin eine blöde Kuh. Zu blöd um einen Film zu holen.

Wir haben dann doch geguckt.

Saugut hat er zum Schluß gesagt. Kein bissel Angst hat er gehabt. Ich aber hab Angst gehabt. Ich hab mich an ihn gekuschelt. Da hat er mich sogar in den Arm genommen.

Schiergar hät ich jetzt saugut gesagt. Aber da hätt er sofort den Arm weg.

Ich soll jetzt noch mehr Horror holen.

Vielleicht nimmt er mich dann wieder.

Mann

Komm, du kannst einem Weib doch nicht einfach zeigen, wie's dir ist!

Wo kämen wir da hin, hä?

Die tät dich doch untern Daumen, noch schlimmer wie der Boß.

Zum Schluß wirst ein Hampelmann, hä?

Die zieht am Zippel und du wackelst mit den Beinen.

Sowas tät denen passen!

Aber nicht mit mir, sag ich dir, nicht mit mir!

Geb einem Weib den Finger, und sie nimmt die ganze Hand!

Geb einem Weib die Faust und sie frißt aus der Hand, sagt mein Vater.

Was ist besser, hä?

Ich laß die mal fressen, kannst mirs glauben!

Oder bin ich vielleicht ein Stadtarsch, hä?

Soll ich vielleicht Geschirr spülen lernen?

Oder Kochen, hä?

So weit käms!

Wenn ich heim komm, hats Fressen auf dem Tisch zu stehen, sonst knallts!

Das bring ich der schon bei, wenn ich mal eine fest hab!

Und wenn die nicht parriert, weißt was dann passiert?

Das kannst du nachlesen beim Luther, sagt mein Vater: Mann, geh zum Weib und nehm die Peitsch mit!

So muß man umgehen mit den Weibern, dann hast was davon!

Ich sehs doch an meinem Alten! Der brozzelt sich sein Beaf-steakel selber, weil die Alt nix kocht.

Aber wenn ich heim komm, stehts Fressen auf dem Tisch, darfsts mir glauben, sonst rauscht's, sag ich dir.

Und wie, sag ich dir!

Absage

Stefan?

Wieder nix. Bloß, diesmal hat der mir knallhart ins Gesicht gesagt, was er will.

Ich bin zu unerzogen, sagt er, unerzogen, nicht ungezogen, sagt er, das kann er sich gegen seine Kundschaft nicht leisten, so ein Benehmen.

Ich hab grad gemeint, ich bin noch in der Lehr!

Erst heißts, ich hab Chance. Dann kommt ein Brief: Leider müssen wir Ihnen mitteilen, daß babababababa!

Nicht mit mir, hab ich gesagt, nicht mit mir! Wer bin ich denn? Ein Putzlumpe vielleicht für die Herre? Da bin ich selber noch mal hin. Und was sag ich? Der läßt mich tatsächlich nochmal vor! Weil ers gut mit mir meint, sagt er. Weil mirs vielleicht helfe kann, obwohl ers kaum glaubt, denn was drin sitzt, sitzt drin, sagt er.

Aber mein Zeugnis ist gut, sag ich.

Ja, sagt er, aber das ist nicht alles. Was nutzen gute Noten, wenn der Mensch dahinter nicht stimmt?

Ich denk, mich schnappts!

Wie meine Sie das, sag ich.

Ein Kunde, sagt er, hat keine Ahnung, wie gut Sie in der Schule waren, der guckt nur auf Ihr Äußeres und wie Sie mit ihm umgehen.

Aber, sag ich, ich bin immer chic angezoge.

Chic, wie Sie sich das vorstellen, sagt er.

Frechheit, denk ich und sag, aber in Deutsch hab ich einen Einser!

Im Schreiben, sagt er, das bestreitet auch niemand, aber der Ton machts, und bei mir macht ers nicht. Ich müßt mich mal selber hören.

Sie, sag ich, woher wolle Sie denn das alles wisse, ich hab doch noch gar nicht angefange bei Ihne.

Unser Glück, sagt er, und Ihr Pech vielleicht war, daß Sie durch Zufall beobachtet worden sind?

He, was soll das, sag ich, und von wem und wo?

Egal, sagt er. Erinnern Sie sich? Sie haben vor Tagen aus einer öffentlichen Telephonzelle gesproche. Obwohl sich eine Menge Leute anstellten, um auch telephonieren zu können, haben Sie weitergeschwätzt und die Leute draußen noch frech angegrinst.

So lang, wie ich das von meinem Geld bezahl, kann ich telephoniere, so lang wie ich will, sag ich. Schließlich ist das Telephon für all da.

Richtig, sagt er, für alle.

Sie gebe also zu, sag ich, daß ich recht hab, und trotzdem kreide Sies mir an.

Sie verstehen nicht, sagt er.

Nein, sag ich, bestimmt nicht.

Sie wurden außerdem noch einmal gesehen, sagt er.

Hör, sag ich, bin ich unterm Verfassungsschutz?

Nein, sagt er, aber für uns war das wichtig. Sehen Sie, unsere Angestellten müssen manchmal mit Kunden zum Essen gehen und da wird ein bestimmtes Verhalten erwartet.

Sag ich, glaube Sie vielleicht, ich weiß nicht, wie man ißt?

Ja, sagt er, Sie wurden gesehen, wie Sie in einem Lokal geraucht haben, obwohl am Tisch ein Gast gegessen hat.

Wen geht das nix an, sag ich. Ich hab doch nicht gegesse. Und selbst wenn ich was ess' und dabei rauche will, ist das meine Sach und sonst von niemand, schon gar nicht von irgend einem, der wo zufällig am Tisch sitzt und was ißt. Ich verbiet dem das Rauche ja auch nicht. Das ist doch jedem seine eigene Sach. Wenns ihm nicht paßt, soll er sich doch wo anders hinsetzen.

Das ist es, sagt er, diese Einstellung, die sich nicht mit unserer Vorstellung über den Umgang mit unseren Kunden deckt.

Das war doch gar kein Kunde, sag ich.

Woher wollen Sie das wissen, sagt er? Aber selbst wenn es kein Kunde war, könnte er doch einer werden.

Hab ich nix dagege, sag ich.

So, sagt er. Aber welchen Eindruck würde das auf ihn machen, wenn er nach der Erfahrung, die er mit Ihnen im Lokal machte, Sie plötzlich hier bei uns als unsere Mitarbeiterin antreffen würde?

Ja, sag ich, Privat ist Privat, das geht keinen ein Dreck was an und im Geschäft kann ich mich immer noch zusammenehme.

Können Sie nicht, sagt er, weil bei Ihnen von innen her was schon nicht stimmt.

Sie, sag ich, jetzt seien Sie vorsichtig mit dem was Sie sage!

Gut, sagt er, ich wollte Ihnen helfen, aber wie Sie wollen.

Nix da, sag ich, jetzt will ichs genau wisse.

Na gut, sagt er. Es gibt noch mehr, das nicht stimmt. Zum Beispiel, Sie tragen einen Button.

Und, sag ich, ist das verbote?

Nein, sagt er, aber was steht drauf? Umweltschutz!

Und, sag ich, ist daran was schlecht?

Nein, sagt er, aber Sie müßten sich selber dran halten.

Tu ich doch, sag ich, und wie.

Das denken Sie, sagt er, glauben Sie vielleicht auch. Ich will sogar zu Ihren Gunsten annehmen, daß Sie keine Taschentücher in die Landschaft werfen und keine Kippen auf die Straße und daß Sie Flaschen in den Container bringen. Aber erinnern Sie sich an Ihr Vorstellungsgespräch. Sie hatten einen Walkman dabei, den Sie so laut plärren ließen, daß meine Mitarbeiter ganz entsetzt waren.

Aber das war doch Musik, sag ich.

Sie mögen es so empfunden haben, sagt er. Für die Menschen hier war es Lärm, zusätzlich zu dem, der hier unvermeidlich ist. Und Lärm, meine Liebe, ist die größte Umweltverschmutzung überhaupt.

Kapier ich nicht, sag ich. Bloß weil vielleicht einem alten Knacker die Musik auf den Geist geht, soll ich nicht mehr höre dürfe?

Sehen Sie, sagt er, das ist es. Von Innen stimmt es schon nicht bei Ihnen. Und Sie merken es selber nicht.

Blödsinn, sag ich, was ich mach, machen doch all bei uns.

Sagt er, bei Ihnen machen das alle, glauben Sie. Schon diese Ansicht läßt Sie ungeeignet erscheinen.

Wieso, sag ich, das müsse Sie mir erkläre.

Ich muß gar nix, sagt er, aber wenn Sie meinen, Sie müssen sich an dem orientieren, was bei Ihnen daheim anscheinend üblich ist, dann haben Sie sich schon früher falsch entschieden. Sie hätten dann nicht in die Realschule und nicht in die Lehre gehen dürfen, sondern dorthin, wo das Leben noch rauh ist.

So, sag ich, soll unsereiner vielleicht nix werde dürfe?

Nein, sagt er, Sie verstehen schon wieder nicht. Aber das ist nicht mein Problem, das ist Ihres.

Und was soll ich jetzt mache, sag ich, einem hinte rein krieche?

Sie müssen sich entscheiden, sagt er, aber ich glaube, Sie bleiben, wie Sie sind, da wird nichts mehr zu machen sein.

Dann hat er noch gesagt, trotzdem alles Gute und ich war drauß.

Jetzt sag mal, spinn ich?

Wo leben wir denn? Im Urwald?

Das sag ich dir, mit mir nicht, Stefan, mit mir nicht. Das hab ich schon in der Lehr so gemacht, und dabei bleib ich.

Ich bin doch auch ein Mensch und kann lebe wie ich will. Oder?

Aber, Stefan, was soll ich denn jetzt mache?

Urkunde

SIEHE ZU, DAß DU EINEN GUTEN NAMEN BEHALTEST
Jes.Sir.41,15,16

Der Verein zur Belohnung treuer Dienstboten zu
Karlsruhe

Kreszensia Cäcilia Peretti aus Neuherrsheim

seit sechs Jahren im Dienste bei

Frau von Dallberg, dahier,

ist nach dem Antrage und Zeugniße der Dienstherr-
schaft und nach vielfältig erhaltener Bestätigung der zu
Erlangung eines Preises erforderlichen Eigenschaften in
jeder Beziehung eine öffentliche Auszeichnung für wür-
dig erkannt worden, und es gereicht uns zu wahrer
Freude, diesem treuen Dienstboten unter Zustellung
des Preises zugleich diesen Ehrenbrief darüber auszu-
händigen.

Schöner noch als jedes äußere Zeichen, lohne das eigene
Bewußtsein und der Beifall des ewigen Vergelters, die
Anerkennung des Vereins aber möge zur Beharrlichkeit
im ehrenwerten Wandel ermuntern und dazu beitragen,
die Sinnbilder der Denkmünze häuslichen Fleiß und
treue Anhänglichkeit immer mehr ins Leben einzufüh-
ren.

Karlsruhe, den 21. März 1908

Der Vereinsvorstand

Lisette

Lisette war ein ganz armes Mädchen ihr Leben lang. Mit dreizehn ging sie weg, dienen, und sie hat gedient, bis sie nicht mehr konnte. Die meisten Herrschaften haben ihr nie geklebt, so hat sie von 300,– Mark Rente leben müssen.

Wir waren Nachbarskinder und sind zusammen zum Weißen Sonntag und zur Firmung, deshalb war ich bei ihr zum Sterben. Da hat sie es noch einmal beschworen.

Lisette hat immer machen müssen, was andere gesagt haben. Lesen ging nicht richtig, so hat sie auch nie gewußt, was los war in der Welt. Nur das eine Mal in Speyer, da war sie mitten drin. Sie hat dort gedient, als die Separatisten[1] getagt haben. An ihrem 21. Geburtstag wars, am 5. November, deshalb hat sie das auch nie vergessen. Zuerst hat sie Schläge gekriegt vom Kellner, weil der Koch ihr die letzte Rose aus dem Garten geholt und geschenkt hatte, er sagte, sie habe die gestohlen. Dann hat ihr einer von der Wache das Kleid zerrissen, weil sie nicht hat an sich rummachen lassen. Das hat noch einmal Schläge gegeben, von der Stubenfrau, weil sowas nur ein Dreckmensch macht. Abends hat sie die Aborte putzen müssen, da ist einer gekommen und hat sie weggeschickt. Er hat gesagt, er muß. Dann sind Schüsse gewesen und Geschrei und im Saal waren die Separatisten am Sterben oder schon tot wie der Orbis. Der auf dem Abtritt hat sich nicht gemuckst. Auf einmal war er fort. Lisette hat dann zum dritten Mal Schläge bekommen, weil sie mit ihrer Arbeit nicht rechtzeitig fertig geworden war.

Die geschossen haben, waren von Heidelberg und von Mannheim und aus der Pfalz. Fischer haben sie über den Rhein gerudert und wieder zurück.

---

1 Die Regierung der Autonomen Pfalz unter dem selbsternannten Regierungspräsidenten Franz-Josef Heinz-Orbis tagte am 5. November 1924 im Wittelsbacher Hof.

Die Lisette hat nie gelesen und deshalb auch nie richtig gewußt, was dort wirklich passiert ist. Als sie wieder im Dorf war, hat der Herr Pfarrer für die alten Leute einen Film gezeigt von unserer Partei und was die alles für den Wiederaufbau getan hat. Da hebt die Lisette den Finger und ruft ‚Der war in Speyer auf dem Abtritt!' Die anderen haben auf sie eingeredet und gesagt, das ist unmöglich, sie bildet sich das ein und sie soll sich nicht versündigen. Sie aber ist nie davon abgewichen.

Bevor sie gestorben ist, sie war eigentlich schon weg und hat kaum noch geatmet, schlägt sie noch einmal die Augen auf und sagt ganz laut: ‚Wenn ich in den Himmel komme, dann suche ich ihn und dann gehe ich hin und sage: Sie kenne ich! Sie waren dabei in Speyer! Wegen Ihnen habe ich Schläge gekriegt, Herr Adenauer!'[1]

---

[1] Ein Teil der am Überfall Beteiligten versteckte sich in den unbesetzten rechtsrheinischen Dörfern gegenüber von Speyer. Die ganz Alten dort bestätigten die Aussage hinter vorgehaltener Hand.
Ein Beweis für Adenauers Teilnahme an der Tagung vom 5. November 1924 konnte nicht gefunden werden. Allerdings können weder das Archiv der Adenauergedenkstätte in Röhndorf noch das Historische Archiv der Stadt Köln Auskunft geben, wo sich der damalige Kölner Oberbürgermeister an diesem Tag aufgehalten hat.

Seelsorge

Ich bin erst der vierte Seelsorger im Dorf und alle Seelsorge war begleitet von Armut und Elend, Hunger und Not.

Der erste, ein Kaplan, kam in ein verrufenes Nest, in dem Diebstahl Überlebenshilfe und Prostitution ein Mittel gegen das Verhungern war. Als sich in seiner Amtszeit die Lage besserte, geschah es nicht durch die Hilfe Gottes sondern die Allmacht der Partei.

Der Kaplan wurde Feldprediger, an seine Stelle kam der erste Pfarrer, aus dem Bistum Breslau, dem größten in Deutschland, das wegen der wenigen Katholiken dort von den Karpaten bis zur Ostsee reichte. Niemand weiß, was ihn nach hier verschlug, aus der Weite seines Landes in die Enge Neuherrsheims, vielleicht sein Wissen um das Leben und Leiden in der Diaspora, vielleicht auch nur seine Bekanntschaft mit der hiesigen grauen Eminenz, dem Dr. Höry. Er hütete seine Herde mehr schlecht als recht und ging für sie in den Tod.

Der nächste war aus dem Elsaß gekommen, stammte aber ursprünglich aus dem Baltikum. Er verbrachte hier nach vielen Jahren der Haft und Verfolgung seinen Lebensabend unter Menschen, die die Ideale seiner Verfolger vertreten hatten. Er mußte mit ansehen, wie die Macht des Geldes neue Not gebar, weil die Menschen nicht gelernt hatten, nicht arm zu sein. Er starb an den Folgen seines Leidens.

Dann kam ich, der auch Armut und Not, Vertreibung und Schändung hat erleben müssen. Drüben in die Siedlung verschlug es die, die in unserem Heimatdorf im Banat überlebt hatten. Dort schwor ich mir und schworen die anderen von daheim, ich müsse Priester werden und kämpfen gegen das Unrecht und die Sünde in der Welt, büßen helfen denen, die der Buße bedurften.

Ich kannte Neuherrsheim, wir gehörten hier zur Kirchengemeinde, ich wußte um das sündige Dorf, wie ich es nannte,

111

befahl mir dieses als Ort der Bewährung. Es gelang mir auch, als Pfarrer hierher zu kommen, in eine Gemeinde, die die Zeit inzwischen mit sich gerissen hatte. Die Armut des Leibes war der Armut der Seele gewichen, das Elend des Alleinseins dem Elend des Miteinander, der Hunger nach Nahrung dem Hunger nach Erleben, die materielle Not der geistigen, die Prostitution der freien Liebe.

Ich tat mir sehr schwer, anfangs, eiferte, beschwor das ewige Fegefeuer – und vertrieb die Gläubigen. Was helfen Enzykliken, Bischofsworte, Predigten? Was Vorleben? Vorbild sein? Was hilft die Frömmigkeit des Einzelnen gegen die Gleichgültigkeit der in Sünde Gefangenen?

So haderte ich.

Dann gab es die erste Primiz[1], die je im Dorf gefeiert wurde, – die meine zählte nicht, denn ich wurde im Kloster gesegnet, – ein Vorgang, der vor meiner Zeit noch undenkbar gewesen wäre. Der junge Priester, Sohn einer einfachen Arbeiterin und, wie so viele, unehelich geboren, aus für heutige Verhältnisse bitterarmem Haus, hatte es mit der Unterstützung seiner Mutter geschafft, sich ein Studium zu ermöglichen. Auf welchen Wegen fragen Sie bitte nicht.

Der junge Mann war viel geduldiger, einsichtiger, weiser, als ich, der doch um etliches Ältere, der ich am liebsten gewütet hätte gegen dieses Kind der Sünde und die Sünderin wie gegen die heidnischen Gebräuche, die unausrottbar im Volk verwurzelt sind.

Ich wurde aber belehrt und nahm es als ein Zeichen des Herrn.

Der Jungpriester hatte sich zur Primiz einen Predigttext aus dem Evangelium Johannes, Kapitel 3, Vers 17 erbeten: Denn Gott hat seinen Sohn nicht in die Welt gesandt, daß er die Welt verurteile; sondern daß die Welt durch ihn gerettet werde.

---

[1] Erste feierliche Messe eines neugeweihten katholischen Priesters.

Ich kam lange nicht mit dem Text zurecht, widersprach er doch dem, was ich zu vertreten hatte; ich wollte blind bleiben gegen die Güte des Herrn.

Gegen Weihnachten starb seine Mutter, die mir immer noch als große Sünderin galt. Er erbat sich für die Totenmesse einen Doppeltext aus der Schrift, Lukas 6, Vers 37 und Johannes 8, Vers 7: Richtet nicht, so werdet auch ihr nicht gerichtet; verdammt nicht, so werdet auch ihr nicht verdammt; vergebet, so wird auch euch vergeben werden. Wer von euch ohne Sünde ist, der sei der erste, der den Stein auf sie wirft.

Alle verstanden, was er sagen wollte, alle standen zu ihm, nicht zu mir, ihrem rechtmäßigen Pfarrer; und ich erkannte, ich hatte Unrecht getan.

Ich war beschämt worden.

Heute habe ich mit meiner Gemeinde längst Frieden geschlossen. Ich akzeptiere der armen Sünder Schwächen und danke Gott, wenn sie Buße tun. Denn ich habe Lukas weiter gelesen und verstanden, wenn er im 6. Kapitel im 41. Vers sagt: Warum siehst du doch den Splitter in deines Bruders Auge; bemerkest aber den Balken in deinem eigenen Auge nicht?

Heimweh

Gestatten, gnädiger Herr?
Molnár, Ernö, Budapest, Ungarn.
Kan Schwob, bittesehr, echter Magyar.
Wohne im Dorf hier.
In der Siedlung alles Schwoben und reformatorisch und reich.
Ich, an armer Magyar und Katholiker.
Hier im Dorf gut.
Alles Katholiker.
Und der gnädige Herr Hochwürden auch Katholiker.
Auch Ungar, wie ich, Molnár Ernö.
Gute Familie, glaube ich, wie ich.
Hat schon fort gemußt im Krieg.
Ich sechsundfünfzig.
Ungarnaufstand.
Der gnädige Herr wissen?
Bei mir daham viele Schwoben.
Schwoben san schlau.
Viel mehr wie an Magyar.
Sie glauben nicht, mein Herr?
Kennen Sie ihre Lieder?
Ich habe sie gesammelt, wissenschaftlich.
Ich bin Kapazität.
Schaun 'S, was sie singen in Bánfala, wos ist Wandorf in
deitsch. Lesen 'S!

   Zweöf Süweni Kneipf hot mei Leiwi
   Tei blos Suntags tua tron
   Tei san für mi koa Orakln
   Tei eöftas um Roth i tua fron
   Suülli, Suüllinit
   Froch i d Kneipf noch da Reih
   Und wos da letzti Knaupf ma sogt
   Do pleibs a dabei.[1]

Verstehn 'S, mein Herr?

Schöne Sprache.

Und kaner mehr daham von den Alten, wos versteht.

Und kaner mehr daham von den Alten, wo was taugt.

Schwobe net.

I net.

Und die Jungen wissen nix!

Wos ist Ungarn heit?

Wos hat genutzt sechsundfünfzig?

Der Molnár Ernö muß net verhungern in Deitschland.

Aber ham derf er net. A heit noch net. Egal warum.

Aber der gnädige Herr kann immer Ungarn sehen, wann er will.

Budapest! Pusta! Zigeiner! Csardas!

Deitschmark, Deitschmark über alles!

Wissen 'S, mein Herr, was mein Land verloren?

Net bloß Schwobe, wo fleißig!

Net bloß Fußballspieler, wo beriehmt! Puskas Ferenc. Sie wissen? Honved Budapest, dann Real Madrid?

Alle Intelligentia fort!

Ausgeblutet die Heimat!

Der gnädige Herr denkt, der Molnár Ernö is an Sauffkopp?

Gnädiger Herr, gestatten?

Meine Karte!

Molnár Ernö, Kápellmester, studiert!

Ehemals Dozent am Konservatorium in Budapest!

Ehemals Leiter der Musikschule in Kircheim!

Jetziger Pensionär.

Habe die Ehre!

Egészségére!

Heißt: Auf Ihr Wohl, gnädiger Herr!

Stimmt alles, wos i sog.

Frogens Szófia, Wirtin hier.

Ist auch Schwobin.

Die Schwoben san schlau.

Sie frogen die Kneipf.

Und hier steht Molnár Ernö, Kápellmester.

Er hot net gefrogt die Kneipf.

Die Deitschn sogen, im Wein ist Wahrheit.

Ich suche nur noch die Wahrheit, mein Herr!

Aber wer kann sagen, wo die ist?

Das ist die Wahrheit!

Zum Wohl!

Zu politisch für Kápellmester in Budapest!

Zu versoffen für Leiter in Musikschule!

Zu alt für andere Arbeit!

Gnädiger Herr können verstehen?

Hier ist Heimat a bissl!

Die Schwobe in der Siedlung.

Der gnädigen Herr Hochwürden, wos auch ist an Schwob.

Die Zigeiner, wo kommen manchmal.

Und der Wein!

Niemand sonst auf der Welt ist da für den Molnár Ernö, Kápellmester.

Nur der Wein.

Egész...

Ich geh schon, Szófia.

Der gnädige Herr wird zahlen für den Molnár Ernö.

Vielen Dank für die Einladung, gnädiger Herr.

Habe die Ehre!

---

[1] Zwölf silberne Knöpfe hat mein Leibchen, das ich nur sonntags trage,
Die sind für mich kein Orakel die öfters um Rat ich frage.
Soll ich, soll ich nicht, frag ich die Knöpfe nach der Reih'.
Und was der letzte Knopf mir sagt, da bleibts auch dabei.

Kunst

Fritz ist Kolonnenführer bei den Fensterputzern in Mannheim.

Fritz ist tüchtig. Er hat lauter ausgesuchte Leute bei sich. Keine Tagediebe vom Jugendhof, die mehr kaputt machen als ganz. Und deshalb erledigt Fritz auch alle heiklen Aufträge, putzt an der Hochschule und am Nationaltheater, den Rosengarten und das Planetarium und natürlich die Kunsthalle.

Und wie der Fritz putzt! Kein Stäubchen!

So auch deckmals, wie die Ausstellung war von den Schrottathleten, wie er sie nennt.[1] Der Fritz sagt ja selten was, wenn er von nichts was versteht, aber hier versteht er sehr genau was, schließlich hat sein Vater als Lumpenmann angefangen und der Fritz ist mit Schrott aufgewachsen.

„Nicht zu sagen" sagt er, wenn er es heutzutage erzählt. „Alte Pappdeckel verpappt und angeschmiert, Alteisen verbogen und verschweißt, einen Haufen Sand auf den Boden und eine Gießkanne davor! Das ist Kunst! Sagen die! Wenn man sich im Saal dahinter anguckt, was die damals alles Schöne weggeschmissen haben, als Entartete,[2] dann muß man sich fragen, was die erst zu dem Gequaddel von heute sagen. Ich bin nicht gegen Kunst, wenn es Kunst ist, aber dafür zahle ich meine Steuer nicht!"

Und dann kommt, was ihn so verbittert!

Ihr wißt, wie der Fritz putzt. Kein Stäubchen!

Und wie er sieht, daß seine Leute eine Spur gemacht haben durch eine richtige Staubbahn, die jemand in eine Nische gekehrt hat, nimmt er Besen und Schaufel – und wird angekrischen! Der Dreck war Kunst! Ausgesiebter Staubsaugerstaub![3]

---

[1] Forum Junger Kunst, Kunsthalle Mannheim, Dezember 1987
[2] Entartete Kunst, Kunsthalle Mannheim, Dezember 1987
[3] Ralf Samens, Staubskulptur.

Fritz kapiert das nicht, aber die Schande hockt tief, hat er doch schon immer behauptet, ihm wird nie passieren, was den Düsseldorfer Putzweibern passiert ist. Die haben einen Fettfleck von der Wand gekratzt, der 50.000,– Mark hat wert sein sollen![1]

Unbegreiflich aber wahr!

50.000,– Steuergeldermark!

Und der staubige Bruder hat vielleicht für seinen Staub noch mehr abgestaubt! Wo der Fritz doch bekannt ist dafür, daß er der Versicherung am wenigsten Schadensgeld verursacht!

Zum Glück war alles gut gegangen. Der Stauber hat seine Kunst neu eingestaubt. Öfter, sogar, wie der Fritz gehört hat, weil sogar Kunstkenner reingetappt sind.

Der Fritz hats ihnen aber zum Schluß noch gezeigt, was wirklich entartet ist. Er hat von einem sogenannten Kunstwerk das Schildchen abgenommen und in der Nähe der Staubschicht unter das Haustelefon gehängt.

In der Zeitung hat einer geschrieben, sagt der Fritz, warte, ich hab mirs notiert:

Tagelang bestaunten Besucher das formvollendete Design als angenehme Abwechslung im Chaos der Müll- und Schrottensembles. Nur der Titel hat viele irritiert: Schlappe Scheibe.[2]

---

[1] 1986, Kunstakademie Düsseldorf, ein Werk von Beuys.
[2] Georg Hartung, Schlappe Scheibe, 1986, kinetisches Objekt, 120 cm Durchmesser. Das Schild hing ursprünglich an diesem Ausstellungsstück.

Achtunddreißig

Vorbemerkungen

Der folgende Beitrag stammt von einem Lagerarbeiter, der nur über eine Stammelsprache verfügt. Die ihm daheraus entstehenden Schwierigkeiten, sich auszudrücken, seine Unfähigkeit, vollständige Sätze formulieren zu können, sein ausgeprägter, mit Resten des Viehhändler-Jiddisch vermischter Dialekt machten es fast unmöglich, die Aussagen zu erfassen und in eine einigermaßen lesbare Form zu bringen; denn jeder Schritt, der von der Urform hinwegführt, zerstört ein Stück des unmittelbaren Eindrucks.

Es gab lange Diskussionen, ob dieser Beitrag überhaupt aufgenommen werden könne. Den Ausschlag, ihn zu verwenden, gab, daß der Betroffene, der sich offensichtlich weder der Auswirkungen noch des Ausmaßes seines Tuns bewußt war und ist, trotzdem als ein Teil seines Umfeldes gesehen werden muß, wie umgekehrt das Umfeld ohne ihn nicht vollständig gekennzeichnet wäre.

Damit die Art, wie er versucht, sich mitzuteilen, wenigstens annähernd erkennbar wird, wurde der Urtext in der ersten Form nur soweit der Verstehbarkeit angenähert, als es für den Leser notwendig ist, das Problem zu erkennen. Was der Betroffene verdeutlichen wollte, kommt in der Translation zum Ausdruck. Die dort erfaßten Nebeninformationen geben dem Gesagten überraschenden Hintersinn.

Die zweite Version wurde mit Hilfe von Bekannten des Berichtenden erstellt und von ihm als korrekt bestätigt.

Achtunddreißig (Urtext)

Man darf nix sagen, aber ich war dabei, achtunddreißig.
Wer hats denn auch gewußt?
Un wir waren im Recht.
Natürlich, früher wars gut, daß die da waren. Bei uns waren ja keine im Dorf, bloß die Elis, die mit ihrem Knopfladen. Da soll ihr Großvater ...
Der Kelly hat so was gesagt, die lehren wir Mores,[1] die trifft der Volkszorn. Aber s war nix, weil, sie hats in der Bibel, die war länger schon als wie der Kelly.
Sie hat uns angezeigt, weil, die hat bloß e Stubenfenster zum Ausstellen un s hat bloß e bissel gescheppert un die hat noch Massel[2] ghabt, weil, sie war in der Muckerstund,[3] wie wir die Scheiben einschlagen ... Un dann, nebenan war der Offenloch, der war aus der Stadt un Jehova.[4] Auch so was. Dem hab ich die Scheibe eingeschlagen, daß wenigstens e bissel was scheppert, außer bei der Elis, bloß.
Der Kelly hat dann fort gemacht, in die Ostmark, weil, er war n Depp un zuviel kaputtgemacht hat er.
Aber wir waren doch im Recht, weil, s waren ja alle arm in der Inflation un dann. Ich war beim Raiffeisen im Lager, das war doch wenigstens e bissel was. Aber sonst?

---

[1] Mores: Anstand
[2] Massel: Glück
[3] Muckerstund: Bibelstunde
[4] Jehova: Zeuge Jehovahs

Achtunddreißig (Translation)

Man darf nichts sagen, aber ich war dabei, neunzehnhundertachtunddreißig.

Wer hat denn auch gewußt (was wirklich geschehen würde)? Außerdem waren wir im Recht.

Natürlich, früher war es gut, daß es hier Juden gab. Bei uns im Dorf wohnten keine (mehr), nur die Elise, sie betrieb einen Knopfladen (drüben in Altherrsheim), die soll einen Großvater (gehabt haben, dessen Herkunft zweifelhaft schien.)

(Einer aus der Familie) Kelly hat das behauptet (und befohlen), sie (die neue Moral zu) lehren. Sie müsse der Volkszorn treffen. Die Aussage war falsch, denn (die Elise) konnte (mit Hilfe der Eintragungen) in der Bibel (mehr Generationen arischer Vorfahren) nachweisen als (unser Anstifter) Kelly.

Elise hat uns angezeigt; denn sie hatte nur ein Stubenfenster um (ihre Waren) auszustellen, das hat auch nur wenig gescheppert (als wir es ihr einschlugen); dabei hatte sie noch Glück, (daß ihr selbst nichts geschah, denn) sie war zu der Zeit in der Bibelstunde, als wir ihr die Scheiben einschlugen. Im Hause nebenan (wohnte ein Mann namens) Offenloch, der stammte aus der Stadt und war (ein Mitglied der Zeugen) Jehovahs. Das schien mir auch so was. Deshalb habe ich (auch ihm) die Scheiben eingeschlagen, damit wenigstens noch ein bißchen was scheppert, außer (den wenigen Scheiben an) Elises Fenster.

Der Kelly hat anschließend von hier weg gemußt, in die Ostmark, weil er ein Depp war, der mehr kaputt machte, (als es dem Ansehen der Partei zuträglich war).

Aber wir waren trotzdem im Recht, denn wir waren ja alle völlig verarmt durch die Inflation und auch danach. Ich arbeitete im Raiffeisenlagerhaus, da verdiente ich wenigstens ein bißchen was. Aber den anderen (ging es sehr schlecht).

Un der Raiffeisen hat ja alles verhypothekt, was war.

Aber wo nix war, der alt Katz hat immer noch e bissel was ausgelegt, vor allem für Zinnteller un so.

Un wenn gar nix mehr war zum bezahlen, der Grünberg, des war n richtig mieser Ganeff[1], der hat n Kavetschein[2] gemacht fürs Vieh un an den Katzuff[3], des war n Koscherer[4], an den weiter, un wenn Zahltag war, kommt net der Grünberg, kommt der Katzuff un sagt, er hats Rind vom Viehhändler un so.

Un so s letzte Stück Vieh aus m Stall.

Ganz reell.

Der Katz, der hat ...

Er war doch Witmann, der hat sich auch bezahlen lassen, wenn e Mäd mitgemacht hat. Die, fast alle in dem Alter haben mitgemacht, daß die letzte Kuh wenigstens im Stall bleibt.

Ich habs mal mitgekriegt. Im alte Dorf.

Die Mutter is ins Feld un hat geplärrt un der Vater hat Sense gedengelt, daß niemand was hört. Aber s hat doch jeder gewußt, was is, wenn der Katz im Dorf un's dengelt.

---

[1] Ganeff: Dieb

[2] Kavetschein: Bürgschaftsschein, hier im allgemeinen Sinne von Schuldschein.

[3] Katzuff: Metzger

[4] Koscherer: Metzger, der nach dem jüdischen Reinheitsgesetz schlachtet.

Die Raiffeisenbank hatte doch (alle Grundstücke) mit Hypotheken belastet (und die Leute konnten oftmals nicht einmal mehr die Zinsen bezahlen).

Aber selbst da, wo (anscheindend) nichts mehr (zu holen) war, hat der alte Katz immer noch (etwas gefunden, wofür er) Geld geben konnte, beispielsweise für Zinnteller.

Aber wenn gar nichts mehr (im Hause) war, womit jemand hätte bezahlen können, kam (der Viehhändler) Grünberg.

Das war ein richtig mieser Gauner, der hat sich (für jede Mark) einen Schuldschein geben lassen, (als Sicherheit mußte) das Vieh (verpfändet werden); (diesen Schuldschein hat er nicht behalten, sondern an den) jüdischen Metzger weiterverkauft, so daß am Verfalltag nicht der Grünberg sondern der Metzger kam und sagte: (Wenn Ihr nicht bar bezahlen könnt, dann muß ich das verpfändete) Rind mitnehmen (denn ich habe den Schuldschein vom Viehhändler Grünberg ordnungsgemäß erworben).

Und so wurde (bei manchen) das letzte Stück Vieh aus dem Stall getrieben. Und das ganze (war, rechtlich gesehen,) vollkommen in Ordnung.

Der Katz, (der war anders,) der hatte (Herz, wenn auch aus einem bestimmten Grunde). Er war doch Witwer, darum hat er sich manches Mal mit (der Gunst eines jungen Mädchens) bezahlen lassen, falls es mitgemacht hat. Fast alle im Mädchenalter haben damals mitgemacht, damit wenigstens die letzte Kuh im Stall bleiben konnte.

Ich habe das einmal miterlebt; in Altherrsheim, (wo ich herstamme).

Die Mutter ging aufs Feld und weinte und der Vater dengelte die Sense, damit niemand etwas höre (falls das Mädchen schreien sollte). Aber jeder (im Ort) wußte, was es bedeutete, wenn der Katz im Dorf war und es wurde (am hellen Tage) gedengelt.

Fürs erste Mal hat der, sagen die, hat der zwei Schein retour gehen lassen.

Aber der Grünberg un der Katzuff nie was.

Deshalb, wir waren doch im Recht, achtunddreißig.

Daß nie was passiert is mit dem Katz?

Bloß die Frieda, vielleicht. Weil, die Mutter war ganz blond un die Frieda wie der Katz.

Deshalb, wir waren im Recht.

Aber bloß nix sagen darf man.

Aber die haben alle überlebt, weil, auf einmal waren die fort und kein Kavetschein un nix mehr gegolten. Nachher haben unsere wieder Angst, er kommt eintreiben.

Nach fünfundvierzig.

Manche jetzt noch.

Aber die Schein sin scheints net mit auf Amerika.

Un im Dorf sagen alle, bei uns war nix.

Vielleicht.

Aber sag nix. Die brüllen gleich.

Aber s war so.

Un der Katz war Witmann.

Na ja, ich bin auch Witmann, ich weiß wies ist.

Jetzt.

Wenn er (bei einem Mädchen) der erste Mann sein konnte, so wurde damals erzählt, hat er gleich zwei Schuldscheine zurückgegeben.

Aber der Grünberg und der Metzger, die haben nie etwas zurückgegeben (wenn sie es erst einmal in Händen hatten).

Deshalb, (das mußt Du zugeben), waren wir im Recht, achtunddreißig.

(Du wunderst dich,) daß (unter diesen Umständen) nie ein Mädchen schwanger wurde?

Nun, vielleicht ist die Frieda (eine Tochter von ihm). Denn deren Mutter war ganz blond, während die Frieda (dunkel ist) und viel Ähnlichkeit mit dem Katz hat.

Deshalb waren wir im Recht.

Aber man darf nicht darüber reden.

(Die Juden, die in unserer Gegend wohnten,) haben alle überlebt. Sie waren (rechtzeitig ausgewandert) und kein Schuldschein und (auch sonst keine Forderung von deren Seite) hatte mehr Gültigkeit, (das heißt, die Dörfler waren mit einem Schlag einen Großteil ihrer Schulden los). Nachher hatten sie (im Dorf) wieder Angst, (der Grünberg oder sonst einer) käme, um im Nachhinein (sein ausstehendes Geld samt Zinsen) einzutreiben. Das war (nach Kriegsende) neuzehnhundertfünfundvierzig.

Manche (von den Alten) haben jetzt noch (Angst vor möglichen berechtigten Forderungen aus der Vorkriegszeit).

Aber die Schuldscheine wurden anscheinend (von den Auswandernden) nicht mit nach Amerika genommen.

Im Dorf behaupten heute alle, bei uns sei nichts geschehen.

Vielleicht stimmt das (im Vergleich zu anderen Orten).

Aber sage nichts (von dem, was ich Dir erzählt habe). Die schreien mich sonst gleich an.

Aber so war es.

Und der Katz war Witwer, (das erklärt sein Verhalten).

Na ja, ich bin auch Witwer, ich weiß (wie einem Mann) da zu Mute ist.

Jetzt (weiß ich es).

Streit

Also, Herr Richter, das war so.

Die Oberdörfer, die sind, wie man so sagt, immer noch, nix für ungut, Emil, aber was wahr ist, muß wahr bleibe, also die Oberdörfer sind immer noch, na ja, Herr Richter, auch wenn keiner mehr herumzigeunert, und die habe ihre eigene Ansichte, was recht ist und was nicht. Und das geht uns andere nix an, so lang die uns in Ruh lasse.

Stimmts, Emil?

Ja, ja! Schon gut!

Also, das mit der Sach war so.

Die Lina, das ist dem Emil seine, die wohne ja fast am Wald. Die Lina steht am Fenster und kreischt über die Gaß: Wildsau! Wildsau! Guckt vis á vis die Paula raus und sagt: Warum sagst du Wildsau? Ich hab dir doch nix gemacht? Aber die Lina kreischt weiter: Wildsau! Wildsau!

Ich komm grad mit dem Rad vorbei und denk, wie man so sagt, Ohre zu, bevor du die Hand hebe mußt. Aber so viel krieg ich noch mit, die Paula hat genug und rennt über die Gaß und schon fliege die Fetze, wie man so sagt. Ganz klar, die Sippe habe schon lang Zores miteinander, da brauchts bloß ein Wort.

Mahlzeit, denk ich noch, Pack bleibt Pack, nix für ungut, Emil, und mach mich fort. Daheim lad ich den Anhänger aus und fahr wieder ins Feld. Ich komm bei dene vorbei, kloppe sich schon die Bankerte von dene rum. Oha! denk ich, jetzt fehlen bloß noch die Alte!

Wies dusper[1] wird, pack ich mein Zeugs und fahr heim. Und ich hab richtig gedenkt! Der Paula ihre Brut jagt grad den Jackel, das ist der Lina ihrer Schwester Kind. Halber tot habe sie ihn geprügelt. Ich denk grad, am beste fährst hinte rum, damit du in nichts rein kommst, aber der Anhänger war so

---

[1] düster, dämmrig

schwer, denk ich, warts ab. Da kommt schon der Emil mit seiner ganze Sippschaft mit Knüppel und Dachlatte und Rahmeschenkel in der Hand und einer hat ein Säbel sogar und der Emil die Axt. Ich kann nix sage, wer was, Herr Richter, es war schon so zwischen Tag und siehst mich nicht, bloß der Emil mit der Axt, den kann man, weil er stitzelt[1], wie man so sagt.

Also, die komme vom Dorf her, um die Sach zu kläre. Da geht bei der Paula die Tür auf und im Rahme steht ihr Tochtermann aus Weiler. Und der hat die Flint. Und während der mit dem Emil rumkreischt, schleiche ein paar von hinte bei und breche bei der Paula die Tür auf. Im Haus ware aber noch mehr und, schwuppdich, hats gekracht. Das war so arg, daß der Weilerer auf den Abzug drückt. Jetzt hockt der Emil im Rollstuhl.

Nix für ungut, gell?

Im Haus von der Paula ware inzwische zwei tot, wie man später gehört hat. Und bis die Polizei da war, war der Rest krankehausreif.

Also, Herr Richter, ich war ja nicht im Haus, aber ich hab das mitgekriegt auf der Gaß. Und wenn Sie mich frage, es war Notwehr in dene ihre Auge. Eine sodische[2] darf sich nicht Wildsau heiße lasse! Und daraus ist das eine aus dem andere gekomme. Jeder hat sich bloß gewehrt, wie man so sagt.

Und dabei wars recht, daß die Lina mittags so gekrische hat, weil, es war doch eine richtige Wildsau im Garte und hat alles verwühlt. Das aber hat die Paula ja nicht wisse könne.

Da sieht man wieder, durch sowas nimmt das Schicksal sein Lauf, wie man so sagt, Herr Richter.

---

[1] hinkt
[2] so eine

Negerrusse

Calvin

Ich weiß nicht, wie Sie zu der Meinung kommen, ich könne Ihnen irgendwie nützlich sein.

Meine Aufgabe ist es, dafür zu sorgen, daß die Beziehungen zwischen unseren Völkern möglichst unbelastet bleiben. Ausflüge ins Private sind nicht vorgesehen und von mir nicht beabsichtigt.

Wenn meine Eltern glauben, sich äußern zu müssen, dann sollen sie es bitte alleine tun.

Entschuldigen Sie, aber ich habe meine Vorschriften.

Darf ich mich verabschieden? Die Pflicht ruft.

Ich danke Ihnen für Ihren Besuch.

Colleen

Ich kann meinen Bruder verstehen.

Er hat sich anders entschieden als ich, das muß man respektieren.

Früher habe ich oft gedacht, ich müsse ihm auf seinem Weg folgen. Heute bereue ich es nicht mehr, meinen eigenen Weg zu gehen.

Mein Bruder ist viel dunkler als ich. Früher hatte er rotschwarze Haare. Er färbt sie heute, weil er sich bekennen will. Er ist Schwarzer, bewußt und kompromißlos: Außerdem, er denkt wie ein Amerikaner, fühlt wie ein Amerikaner, akzeptiert, daß er ein Amerikaner ist, ein farbiger Amerikaner.

Ich nicht!

Mich halten viele für eine Art Zigeunerin mit meinem Haar und der Samthaut. Wegen der vollen Lippen gelte ich als sinnlich. Die blauen Halbmonde an meinen Nägeln sieht keiner unter dem Lack. Daß ich eine Negerin sein könnte, kommt den Leuten nie in den Sinn. Und doch wäre ich es, lebte ich in Amerika. Eine Buppie[1] vielleicht, aber Schwarze!

Sie haben meinen Vater gesehen, er ist ziemlich hell. Meine Mutter nimmt keine Farbe an. Sie bekommt höchstens ein paar Sommersprossen. Dazu der rote Schopf, wie amerikanisches Gold. Wenn eine eine Weiße ist, dann sie!

Mein Bruder ist in der Vogelweh in K-Town² geboren.

Sie wissen, wo das ist. Er lebte zuerst bei den Großeltern und sprach deutsch. Dann ging er in die amerikanische Schule und sprach englisch. So ist es geblieben.

Soldaten werden laufend versetzt, besonders GIs, mal in die Staaten, mal zu den Schutztruppen, wie ich immer sage, denn anders kann man unsere Militärs hier doch nicht nennen. Mutter ging nur einmal mit, nach Florida. Im Camp sei es erträglich gewesen, sagt sie, aber alle hätten sie spüren lassen, daß sie nirgends dazu gehört. Nicht mehr zu den Weißen, nicht zu den Schwarzen, schon gar nicht zu den Asiaten, die meine Eltern wegen ihrer Verbindung verachteten.

Mutter war nur mitgegangen, weil sie unbedingt wissen wollte, wo Vater herstammt. Er wollte lange nicht, aber sie hat ihn, wie immer, herumgekriegt. Für ein paar Tage fuhren sie nach Georgia rein, ins Baumwolland. Mutter war dort die einzige Weiße unter lauter Tiefschwarzen, denen schon mein Vater als halber Yankee suspekt erschien.

Mutter hat sich umgesehen und nur geheult.

Zwei Erinnerungen brachte sie von dort mit, eine Manie, alles doppelt und dreifach zu putzen und zu waschen, und mich.

Ich wurde noch in den Staaten geboren, in St. Petersburg, Florida. Vater kam bald nach Deutschland zurück, erst nach Mannheim, dann nach Heidelberg, dann nahm er seinen Abschied und blieb in Europa.

---

¹ Black Yuppie, Black Young Urban Professionel People.
² K-Town, Kaiserslautern-Vogelweh, ein nur von Amerikanern bewohnter Stadtteil.

Eigentlich hat das alles wenig mit mir zu tun, und Sie wollen doch wissen, warum ich mich anders entschieden habe. Dazu muß ich aber noch einiges erklären.

In Heidelberg oder Mannheim wollten wir nicht bleiben, denn privat dort wohnen ist teuer, zumal mein Bruder ein nicht gerade billiges Colleg besuchte. Die anderen Garnisonen sind alles andere als attraktiv. Da kam Mutter eines Tages heim und sagte, wir ziehen nach Neuherrsheim, dort stört uns keiner und Arbeit gibt es auch. Sie hatte recht.

Die Leute im Ort haben wenig Vorbehalte, weil viele selbst Außenseiter unserer Gesellschaft sind. Trotzdem sagen sie zu uns die Negerrusse. Russen sind das Exotischste, was sie sich vorstellen können, aber da mein Vater noch fremdländischer ausschaut als sie sich vorstellen können, brauchten sie eine Doppelbenennung, um das Phänomen fassen zu können: Für Mutter benötigen sie noch eine weitere Steigerung, die Negerrusse-Rot sagen sie. Ich bin die Negerrusse-Collie. In aller Harmlosigkeit dahingesagt, aber, nicht nur Russen, Negerrussen!

Eines haben sie uns jedoch nie angetan. Sie haben nie gesagt: unsere Neger!

Ich ging in deutsche Schulen. Als ich das Gymnasium besuchte, begann ich unter meinem Aussehen zu leiden. Selbst harmlose Bemerkungen konnten mich krank machen, Negerwitze tot. Andere Mädchen beneideten mich um meine tolle Gesichtsbräune, ich aber vermied es, nach dem Sport oder im Schullandheim mit den Kameradinnen zu duschen, damit niemand merken sollte, daß diese Bräune über den ganzen Körper geht.

In der Oberstufe fuhren wir nach Berlin. Unser Klassenleiter war krank geworden, da mußte so ein alter Knacker einspringen!

Wir waren vielleicht wütend gewesen! Am liebsten hätten wir auf die Reise verzichtet.

Im Nachhinein sind wir uns einig, wir haben von keinem Lehrer je so viel profitiert wie von ihm.

Am meisten ich.

Er merkte sofort, bei wem etwas nicht stimmte und was da nicht stimmte und brachte jedermann dazu, über seine Probleme zu sprechen.

So auch mich.

Ich weiß bis heute nicht, wie, irgendwann am Nachmittag im Reichstag, wir besichtigten das Museum, stand er neben mir, sprach davon, was Menschen Menschen alles antun. Plötzlich begann ich zu reden. Er blieb ganz ruhig, brachte es aber sofort auf den Punkt: Reinrassig, wer ist das schon? Daß du es nicht bist, ist für den Kenner offensichtlich. Nur, Du mußt dich entscheiden, wohin du gehören willst. Daher prüfe dich, was du im Herzen bist, eine Schwarze mit weißem Blut oder eine Weiße mit schwarzem Blut!

Zwei Tage habe ich geheult, dann ging ich mit den anderen zum Wannsee, baden, im knappsten Bikini, den ich hatte auftreiben können.

Zwei Geschwister und zwei Welten.

Und beide leben in dieser einen Welt.

So würde er sagen, wenn er bei unserem Gespräch dabei wäre.

Kate & Cad

Also, wenn ich anfang, brauch ich nicht mehr aufzuhöre.

Gell, Mann?

Also, ich mein, will mal sage, wenn ich so sage soll, wies war, ich wollt nix anders habe, als wies war. Vielleicht ein bißel, wegen der Leut, aber ich hab mich daran gewöhnt.

Gell, Mann?

Ich bin ja von einfache Leut. Nicht so, wollen mal sagen, von den Allerärmste, wie man so meint, vielleicht. Mit unserm Haus. Aber das war halb ausgebombt. Und nix zum Esse und kaum Schul im Krieg und so. Also, ich mein, also, wie will ich denn sage, naja, der Kotten[1] war nicht grad das beste. Wollen mal so sagen, einfache Arbeiter und so. Aber nach dem Krieg war viel kaputt. Ich bin 47 konfirmiert und gleich in die Fabrik. Weil, wie man so sagt bei uns, die Mäd solle sich ihr Aussteuer verdiene. Sie heirate ja doch. Lehr ist, wie man so sagt, rausgeschmissenes Geld.

Jetzert muß ich mal reche. War das fünfzig oder einundfünfzig?

Hä, Mann?

Fünfzig musses gewese sein. Da hab ich angefange zu bediene im Eagle. Ich muß sage, für extra dazu. Weil, ich hab noch immer in der Fabrik geschafft. Bloß am Wochenend. Ich hab auch schon mal, wie will ich sage, mit so GI, wie man so sagt, bißel rumgemacht, aber nix ernstes. Und dann ist er auf einmal im Eagle gewese. Und ich wollt doch nie im Leben ein, wie soll ich sage? Naja, ich hab nix gegen die. Will mal sage, ich mein, wie man so sagt, ohne einen Bestimmten. Naja. Farbige, wie man so sagt. Aber die waren doch immer die erste, dies probiert habe. Und er ist in den Eagle rein und hat mich nicht angeguckt. Du Aff, hab ich gedenkt, wart, dir zeig ichs. Was soll ich sage? Er hats mir gezeigt.

Gell, Mann?

Sag doch auch mal was, Mann!

Er ist immer so still. Ich habs dem gar nicht zugetraut, anfangs. Aber wie sagt man? Stille Wasser!

Dumm war ich noch nie. Das haben all gesagt. Käthe, habe die schon in der Schul gesagt, aus dir wird noch was, habe sie gesagt. Bis er da war. Da war ich so dumm und auf ein Mal hab ich gemerkt, es ist was passiert. Ich hab gar nicht gewußt, wieso.

---

[1] Kotten, Stadtteil von Kaiserslautern

Ich war sozusage platt und hab erst gar nix sage wolle. Aber er hat gleich gemerkt, daß, wie will ich denn sage, naja, daß was ist.

Gell, Mann?

OK, hat er gesagt, und mich geheiratet.

Stimmts, Mann?

Das war, wie will ich denn sage, naja, als Amihur bin ich mir nicht vorgekomme. Aber die andere Leut, die habe so gesagt. Und mein Vater hat mich erst mal halb tot geschlage. Aber später, weil, ich will mal sage, viel Geld, sozusage, hat er nicht heimgebracht. Ich bin dann immer noch bediene. Da habe meine Leut den Kleine aufgezoge.

Cad ist manchmal versetzt worde. Ich bin überallhin mit. Bloß, wie soll ich sage, rauß aus Deutschland wollt ich nie. Ich bin lieber lang allein gebliebe. Er ist ja immer wieder gekomme.

Gell, Mann?

Ach du lieber Gott, das Wasser. Schnell, Mann, guck mal! Kaffee, aber Filter, kein Nes.

Also schnell, so lang wie er drauß ist.

Wie soll ich bloß sage?

Also, einmal war ich mit in the staates, in Florida. Ich wollt unbedingt sehe, wo er her ist. Wir sind hingefahre, in Georgia. Ich kann bloß sage, eine Katastroph! Wie im Urwald, sag ich! Lauter Neger! Schwarz wie die Nacht! Wir zwei sind sozusage aufgefalle wie Neger bei uns.

Ich hab bloß heule könne vor dem Elend.

Aber sagen wir mal so. Verhungern muß dort keiner. Aber die Zuständ!

Mein Mann weiß nicht einmal genau, wer eigentlich die Mutter ist. Das kommt dort nicht so genau drauf an, sagen die. Und der Vater soll einer gewese sein mit einem Cadillac. Deshalb heißt er so. Aber sage Sie bloß nicht Cadillac zu ihm. Sage Sie Cad. Er ist da sozusage empfindlich.

Die Mutter war vielleicht dreizehn, sage die dort. Naja, also, nicht so wie wir sind. Sie sind dort all früher als wie wir. Und dort nimmt sich sozusage jeder, was er braucht. Ich will mal so sage, die Weiber sind dort weniger als ein Stückel Vieh bei uns war.

Was soll ich sage? Bloß geheult hab ich die ganz Zeit. Nie wieder Amerika, hab ich gesagt.

Mein Mann war im Waisenhaus. Dort habe sie ihn, wie will ich sage, naja, richtig fromm ist der. Unser Bub heißt sogar Calvin. Das ist ein frommer Name, hat er gesagt. Unsere Leut sage aber Karlche zu ihm. Dafür sage die Americans Kate zu mir.

Wie ich schon gesagt hab, ich hab bloß geheult. Und dann ist dort zu allem Elend auch noch das mit der Collie passiert. Ich hab doch nix mehr habe wolle, will mal sage, also, ich hab doch gewußt, wie schwer es ist, nicht so oder so zu sein. Es war sozusage die Angst, noch ein Neger.

Aber ich muß sage, was sind wir heut froh über unser Mäd.

Gell, Mann?

Sag doch ja, Mann!

Setz dich, den Kaffee hol ich.

Well, was soll ich sagen?

Sie hat über mich alles gesagt.

Es ist gut, in Deutschland zu bleiben.

Bin Totengräber.

Heißt jetzt Friedhofsverwalter. OK.

Deutsche Angestelltenversicherung. Good.

Meine Kunden reden nicht mehr. Very good.

Ich bin der letzte Dreck.

Auch in America ist Totengräber der letzte Dreck.

Gut genug für einen Nigger.

Aber in Deutschland muß es ein sauberer Nigger sein.

Für saubere Tote.

Kommen in saubere Erde, in sauberem Friedhof.
Von daher nicht so schlecht wie in America.
Kate? Good.
Die Kinder? OK.
Wenn ich alt bin, vielleicht für mich gut.
Deutsche Angestelltenversicherung!

So, der Kaffee.
Milch und Zucker?
Nehme Sie bloß kein Schwarze, auch wenn er schön macht.
Hast du ihne was erzählt, Mann? Los, red doch auch was. Nicht das Maul auf kriegt der!
Also, wo war ich? Ah, so, ja, ich bin nie mehr aus Deutschland raus. Wolle mal sage, für ganz. Im Urlaub schon.
Nach der Army, wie er fertig war, hab ich die Stell hier, naja, mal so gesagt, er hat sie gekriegt, mit Dienstwohnung und Dienstauto. Es geht uns, wolle mal sage, zu Amerika wie im Paradies.
Gell, Mann?
Die Kinnder sind gut. Cal ist Verbindungsoffizier bei der Army im Headquarter in Heidelberg. Der ist ein richtiger American.
Gell, Mann?
Collie ist Fremdsprachenkorr... na, wie sagt man? Ja, ...korrespendendin. Die ist eine Deutsche. Und wir zwei? Also, naja, wie soll ich da sage, sage wir mal so, er ist ein deutscher Amerikaner, wie der Colonel sagt, und ich bin sozusage eine deutsche Deutsche, wie der Colonel sagt.
Gell, Mann?
Sag doch ja, Mann!
Gott, ist das ein Mann! Wenn er doch auch mal was sage tät! Jedes Wort muß man aus ihm raußpresse, sozusage.
Jedes Wort!
Aber sonst? Also, wie will ich sage? Jetzt gehts uns gut.

Gell, Mann?
Wolle Sie noch Kaffee, bevor Sie fort müsse?
'n Schwarze?
Als Abschiedsschlückel, sozusage.
Auf the Germericans, wie der Colonel sagt.
Hab ich recht, Mann?

Beileid

Sie geht mit jeder Leich, dann, sie hat niemand mehr, und dann, meint sie, wenns dann mal so weit ist, gehen die dann auch mit ihrer Leich und sie wird dann nicht einfach so versteckelt.

Wann um zwei die Leich ist, dann macht sie sich um halbereinse fertig, wie gestern, wo sie sogar mit der Leich vom Sepp mit ist, wo der sie doch hat sitzen lassen als Mäd.

Sie steht dann grad an der Haustür für zum Fortzugehen, dann kommt die Gret und leiht sich ein Ei für zum Mittagessen und wies Gewitter wars eins und es fangt an zu bembeln. Jetzt muß sie sich tummeln, aber immer dann, wanns man nicht brauchen kann, kommt die Bas Els und bis man dann schnell Adschee[1] gesagt hat, dann bembelts schon zum zweiten Mal, dann pressierts.

Aber wies der Teufel will, läuft einem seller und selli[2] über den Weg, dann läutets zusammen und sie kommt wieder zu spät. Sie ist wie immer die Letzte.

Auch am Grab.

Erst kommt die Freundschaft[3], da merken sich die Trauerleut, wer nicht dabei ist. Dann kommen die Leut, die kann sich dann keiner alle merken. Dann erst, zum Schluß, die merkt man sich wieder, und sie ist dann immer die Letzt.

Sie schmeißt dann ihr drei Schippe Sand ins Grab und tut so, als ob wann sie bete wollt, bevor sie dann zu den Trauerleut geht zum gratuliere. Dann merken die, wer die Letzt ist und sagen dann: Settel[4], geh mit zum Kaffeetrinken. Da sagt sie dann immer ja. Sie ist dann meistens auch die erst hinter der Tass', daß ihr ja nix entgeht. Dann der Leich kann sies doch nicht antun, nicht die allerletzt Ehr zu erweise.

---

[1] Adschee, frz. À dieu.
[2] seller, selli, frz. cel, celle, jener, jene.
[3] Freundschaft: Die weitere Verwandtschaft, die zur Familie gehört, der aber nicht kondoliert wird.
[4] Settel, Koseform von Lisette

Traueranzeige

Vater, vergib ihnen, denn sie wissen nicht, was sie tun.
Luk. 23,34

LIEBER KAISER KARL

Ich nehme Abschied von Dir und akzeptiere den letzten Willen von Deiner Frau, mich von den Trauerfeierlichkeiten fernzuhalten.

In Gedanken begleiten wir Dich auf Deinem letzten Weg.

In stiller Trauer:

Schweig Frieda geb. Kaiser, Schwester
Schweig Erwin, Ehemann
und Töchter Yasmin und Yvonne

Neuherrsheim, Eisenbahnpfad 7

Der Herr bewahre Dich im Himmel vor Deiner Lotte.